跳舞鯨魚小說集

幻獸症的屋子

這是個關於她或者是他？生活在城裡的故事。

・序一・城之人

當有人告訴我必須寫這篇文字的時候，我剛從泳池中踩出濕漉漉一地烏黑染印在地板上的水漬——我忽然很想看見自己的腳印，也許就是在那個時間點回了頭，也可能我什麼都沒有做。繼續讀著醒來時，隨手由床邊所掇起的書籍，我還看了手機裡的信件……究竟是讀著某人的詩，抑或處理著日常生活瑣事。還記得一分鐘前，我說過，我當時正從泳池，以蝶式最後的潛入動作，觸岸，旋即出水走上階梯。

她一直都在那。

我有時會在岸邊拿著毛巾等待她的出現。時而微笑時而面無表情，但大多數時間裡，她會趴在水池邊同我說話，模樣就像隻美人魚般，腳偶爾波動起滿池的水氣，一陣白茫茫如夢境中，她老是問著我：為什麼男主角一定要選擇離開，為什麼女主角總是有藉口逃開，為什麼她老是走不開，為什麼我還在她眼前晃悠……我老是說著什麼？又好像什麼都沒說。

究竟我是否曾經回答過她什麼。

她始終都在泳池裡，以自由式遠離我的視線，又以蝶式回到岸邊。

某人@某城

・序二・人之城

假日，城裡為了打發過多的人口，總是會想出些吸引人外出的理由。她下了車後，指著前方樹叢道：「影樹那種東西頗奇怪。」

他道：「影樹有什麼好奇怪？」

她仍是執意盯著影樹，越發像個不可理喻的孩童那般看著，瞧那翠綠得直出了一葉葉水之後，又莫名燃燒在下午，成為一把把火焰的樹木。她的目光也放出了火炬上的星點，那樣子還真像個誰也不能把她眼前世界給驀然抽走般的孩子，邊看邊嚷著：「又叫野火花麼？」

人越聚越多，有人急切看著她，有人焦慮望著影樹，有人無所謂抬頭盯著滿城的人造天空、人造地平線、人造盡頭……城以外的地方什麼模樣，沒有人稀罕。人造城裡擠滿了人，有人喊著，有人沉默，有人試圖移動腳步，讓整座城市驟然好似鐘錶內部的齒輪，一圈又一圈，人上緊了發條，他們體內的，整座城市的，用自己的發條去帶動城裡各處角落系統。一直都很努力，那黑壓壓的人群化身孢子般，城市一啟動便擠壓著群眾往外噴發。

最終，是人造成了自己的噴射，直向外。

有人說道：「不，這座城是我們造的，城沒有理由趕我們出去。」

人海中，混亂一片胡琴咿呀聲襯著。

在被城市嘗試移除的某一天，他終於等到整座城市只剩下自身和她，然而她的眼裡除了影樹之外，並沒有什麼微妙之處。

她依舊笑著望樹，一度以為是自己讓樹都燃燒。

愛玲・張@樹上

・序三・幻獸年代記

為什麼約我在這裡見面？我以為他會問。

然而有關於他這個人，老是笑鬧著，要不大半時間都維持著某種難以言喻的怪異沉默，卻說得上是很自然，對其他人而言；只因為我認識他太久太久了……那漫長的時間好像一直把我和他放入，從南陽街開始，臺北城的每一條街道裡，西門町巷弄中，火車站上上下下盤根錯節的甬道間，我一直跟在他後面，他也看起來並無特別的，一直跟蹤著某人某物，誰都沒有發現，只有我發現。

我什麼都沒有說。

我和他都走進了日本料理店。

他點了清酒。

我只顧吃我的天婦羅。

如果不想說話，不說也行。他開口和我說話了？我幾乎就要這麼認為，畢竟事情打一開始，即使我和他都不說，一切也都很明白。

我遇見了一隻猴子。我試著去說。

但終究，我和他，我們都只是坐在各自的位置，一邊吃飯一邊發呆。

那夜我做了個夢。我夢見被他所觸碰過的地方，緩緩長出了粗糙的長毛。

村・上春樹@臺北

・序四・症狀出現後的玩笑

拉開包著香噴噴蛋餅的紙袋，她出現了必然的過敏症狀。

因為城，因為空氣，因為香味，因為油，或是因為沒有理由的因和果。

他看見了，心中猜想的問號彷彿都印證在她身上，一粒粒小紅疹的攀爬，從頭至腳。

他越來越替她感到心痛。

後來他愛上了她。

人們老在一個個哈啾後，紛紛逃離她。眾人都在為他心傷。

他仍是滿懷著愛意，親吻在一個個哈啾之前，或是打完噴嚏之後。

別怕。他微笑地把她接回家。

直到漫天飛絮逐漸掩蓋住他的耳、他的眼、他的嘴、他的心……他會在痛苦掙扎中醒來，反覆回想起：自己究竟有沒有愛過她。

契訶夫@臺中

・序五・屋之仲夏夜

我有過何面貌？

「What's in a name? That which we call a rose By any other word would smell as sweet.」

我是羅密歐還是茱麗葉？這兩個角色，我恰好都在話劇社演過。

她說：「成功的演員擅長遮掩自己。」

我們是誰？（她的話像西洋劍——決鬥吧。）

只是我，還是我和她？時常窩在角落笑得很賊。

決鬥很短。

等仲夏夜的雨過後，這老屋的潮濕會逐漸將我淹沒。

莎士比亞@臺南

【作者序】真實與幻想中的城市

首先要向你說說，關於我生活中的點點滴滴，也就是介紹一個名為「我」的生活。

可當我一提筆，轉身伏入我文字裡所構築出來的日常片刻，所謂的人生正太輕或太重彼此平衡著，一座可能存在也許不存在的城市。

那「我」，究竟是否真實存在過？

位置，客串在創造故事裡某情節的邊邊角角，抑或，那就是含糊不清漸行漸遠的「我」所經歷的過去、現在和未來。

時空對宇宙而言，究竟是一直往前飛離，還是持續加速回到所有事物都重疊在一塊的時刻。在本書，過去的臺北城正和二十一世紀的臺北彼此作用著，因為某些人某些事，最後緊緊聯繫在一塊；就如「我」試圖想與你取得某種關聯，透過發生在臺北的那些故事，以最大的誠意去述說，一些從歷史流出，又鑽進臺北地層下的人事物，透過我的文字，我希望我能與你相遇在，翻動書頁的時時刻刻。

一九三四、一九三八、一九四五、一九四七、一九四九、一九五四、一九五五……數字對城市而言有什麼意義？城市，又對人生到底有什麼樣的影響？

我正在臺北某餐廳吃著瓜仔肉，由盅裡倒出來的暖香，始終有家的氣味。猶如回憶的香氣。

記憶中的某段，還原到最美好的時光，往往是空白頁的狀態。

這書裡的故事曾經空白在，某些家庭最無言的晚餐時刻。

今日與你相逢此書，但願你能在感受過此書恐懼、失望、希望以及勇往直前的夢想之後，會想起那些對你曾經或是一直很重要的人事物，諸如久未見面的親友，以及永遠不會再見到的往昔。

目次

家書

租屋篇

01

我逃走的原因，起因於一本家庭相簿——那裡面的人真是太難看了，我實在很難相信，那嬰兒會是我。

真皮皮鞋，刷咖啡染鐵灰，銀灰色直條紋的西裝褲，我正在找一件適合的襯衫。之前作業務時，買的白襯衫和粉色襯衫居多，因此想換換樣子；一件香檳紫的襯衫、一件巧克力色的襯衫……我開始思考最近衣櫃裡的領帶。藏青色、灰藍色、米黃色、紅色菱格紋，我捨不得用的黑色底繡花領帶，一線線亮金色、黃金色、淺銅色和灰銀色搭配繡出來的花紋；第一次用，好像是為了公司的尾牙，我要上臺領獎——最有潛力的新人。

好像哪裡不對勁，僅有的一次，後來領帶就擱在衣櫃裡，在鞋盒改良過的收納箱中，很安靜地躺著，聽不見我的打鼾聲，也聽不清楚房東太太從樓下喊上來的聲音，路邊的冰淇淋車的叭噗叭噗和流浪狗吠，什麼都聽不見……那是最好的狀態，這裡太吵——我所居住的環境，我以為該換屋，很久以前，在領帶露面的那場尾牙活動中，人生的第一個一百萬，接著是更多的一百萬，永無止盡……

她本來要跟我在一起的，我這裡說的不是我那所謂的許多一百萬，我說的是人，一個女人，我愛她，她愛我；她很美，勻稱的雙腿細長白嫩，但她不高，她只有一百五十八，很好奇那身上的比例究竟是怎麼回事？就像她的身上還有另外一個時空，在一百五十八的世界裡，竟也塞得下名模的長腳，衣架子般的身型，還有白淨透亮的瓜子臉蛋——就連手指也纖長。

但她不瘦，她不是個紙片人，她有五十公斤（她自己說的），也許更重，我總覺她身體很沉，像是藏了太多的東西，在那狹小的一百五十八公分世界裡，可正好搭配我那租來的狹窄套房——不會顯得過多裝置，我喜歡她在我房間裡的任何時候，她說話的聲音是節慶的彩色燈泡，一閃一閃，不會是累贅的飾品，我就是愛她待在我租屋處的每一刻。

她是個傳奇，如我很久以前聽到的故事。我逃跑的原因：那相片裡無毛的小孩，他的牙齒不整齊，他三歲還不會說話，每一張照片都是痴呆狀，彷彿是很古老的畫面，像外公家牆上的畫企圖偽裝成相片，家家戶戶都一樣的格子瓷磚，還有背後象徵有山有水的朱砂、石青、藤黃等顏料的圖案，那些畫裡的人都是坐著的；據說是我的那嬰孩也是呆坐著，那背後的木椅都是一樣的款式，我猜想那是另一個男孩，也許他已經過世。就像祖母後來才承認的事，四姑的前面還有個女兒；那些外婆承認的事，三舅前面還有個男孩；那些早么的孩子，他們有的落水，有的生病，有的失蹤，有的就是懶得呼吸。

那男孩不會是我，我會走會爬，我是村子裡最會爬樹的少年，我總是能出奇不意地偷摘到那些鮮甜可口的果子，果農鄰居們也沒能發現，我就是躲在那祖母養雞的地方，我一個人吃，也分鄰居孩童吃，在那段時光裡，我也曾見過一個只能坐在特製小木椅上的人，他大約六歲，他連一句話說不清楚，他父母都沒空照顧他，他的神情總是看來驚慌。

也許家族相簿裡的人是他，是交換相片惹的禍，或許我才是他家的孩子，他應當是我父母的孩子，是什麼人搞錯，還是有條件的交換，他們用什麼換，用地契，用婚姻——但我們倆都是男孩，我實在想不清楚，自己那交換的念頭究竟是怎麼出現的？

全是一句句的謊言像那些孤獨的夜晚，我拉著被子來到父母房前，我試圖敲門，但那木閂門卻沒鎖，多麼古老的房間，福州木、日式紅磚、光復以後換的屋瓦（那時老家還沒改建）；不太能夠想像的畫面，感到一陣頭暈目眩，像進入神祕的世界，我怕是忘了喝某種藥水，待在我無法進入的縫隙間，望床邊昏暗的角落，那怪異的律動，我看不清楚，那是多麼光滑白淨的物體，在月光的照射，那屋瓦上的漏洞，微微傾洩而下的水色波光……有什麼在傳遞，在那本該黑暗的房間？一點光，兩座白玉般的柔軟假山，他們聳立然後崩塌，先後墜落在一塊，一彎河流在他們的頭頂上流過，輕柔的聲音淺淺呼喚，那不知名的樂音在黑夜裡細微歌唱；我拉起被子，驚訝一切是不是精靈在作怪，他們在父母的房間裡嘻鬧，接著大哭大笑還口吐白沫——在那無法跨越的禁地，我是不是看了不該看的東西？

轉身離開，我從沒有掉進過那深淵，除了忘不了的畫面，如夢境，我看見紅色花布被上有精靈，一隻兩隻，他們像猴子般尾巴勾著尾巴，他們還像溪裡的白魚，銀白色的魚鱗一閃一閃，然後一道月光落下，我哭了，還是夢裡的精靈哭了？我還來不及加進去胡鬧，戲散場，我得走開；因為精靈就要醒來，穿著媽媽最愛的灰粉色洋裝，撥撥裙襬，太陽就要出來。

奇怪的夢，我無從解釋，就當作年幼胡亂想闖入父母房間的許多夜都是夢，反正我也不想釐清；就像以前的我，五歲就開始爬樹的我，我是自己的一個夢。

據大家說，我從痴呆自閉到正常，原來是學了一隻被祖父救回的猴子；那應當是保育類的動物──臺灣獼猴，不知怎麼離山那麼遠到平地來找食物，也許是被陷阱所傷，捕鼠器，一些竹子做的箭埋在地下坑洞，要抓路過的兔子什麼之類的，還是遭遇捕穿山甲的陷阱。

故事發生在我四五歲，老家那裡的森林應該已經不見，真有那隻臺灣獼猴嗎，那是否是父母的玩笑，一個善意的騙局？像傳奇，我走進臺灣獼猴的世界裡，一個無法任意進出神祕未知的次元仙境，那裡有比臉還大的蝴蝶，那裡的精靈和花一般高，他們給我吃了仙藥，他們讓我成長，於是我終於會說話也會笑，他們才將我放回到現實時空，他們還在我醒來之前將我催眠：一切都是一場夢，重新開始。

那或許是我已經遺忘的回憶，人大了，總是回不了過去。無法解釋，那些記不得的情節，卻開始糾纏起我的精靈夢，那是更清晰的母親身影，那灰粉色的裙襬搖晃得更大力；再細看，原來不是母親的裙子，那是一座山，溫暖有血液流過，一隻獼猴在那跳呀跳，我也跟著在那上面跳，最後是無數溫柔粉紅色的山出現，有蝴蝶在我耳邊搔癢，輕拍翅膀，還有無數的花憑空出現。月亮，河流，那柔軟的感覺，像通了電，柔光轉眼經過我的身體，我瞬間冷汗直流驚醒，那是第一夜，我感到長大。

就此離開父母的故事，還有那個我被獼猴訓練成活潑好動小猴子的故事，我開始意識到某些片段可能是謊言，因為沒有臺灣獼猴後來的故事；牠是回家了，還是在平地老死？我從沒有印象，關於與那猴子真實的接觸，唯一擁有過的是夢，牠那跳上跳下還有回眸的神情，我總覺得，夢裡的猴子好像要帶我去哪裡。

她也是個傳奇，不在她身上，而是在我心裡。她說的那些故事，什麼父母離異，什麼逃離繼父，還有被親生姊姊丟棄，最後到酒店上班，她還有個乾姊姊；那乾姊姊說她的故事不該是這樣，所以她懷疑我的前女友嗑藥，或者是酒精中毒，引發腦袋壞掉導致幻想。

但事情還有更古怪的地方，我的前女友，她之前還有個和我同期存在的男友，他們生過死過，彼此愛恨交織，他們有時會一起出現，他們會對我說：「很可惜，你沒有跟我們一起經歷過。」

那是什麼樣的事實，她也許是個家暴的受害者，她在學校被霸凌，甚至還遭到老師的暴力；她不相信人性，她只相信命運，她覺得命中注定要她去拯救那個和我同一時期的男友，而我只是過客，我注定是孤獨的，得不到她全部的愛意。

沒有怨懟，奇怪的我，一點難過的感覺都沒有，不但不想報復那不忠的女人，我還時常與他們見面；把他們從警察局裡保出來，幫他們到醫院去掛精神科，他們在大吵大鬧要分手之時，也是我去調解。

她乾姊姊總說她白癡，放掉那麼好的我跟米蟲在一起，那麼辛苦又不快樂，救贖是什麼玩意，那是她犯下的罪吧，最後又該怎麼收拾。

02

這次，我逃走的原因，是因為被傳染了；我和我前女友一樣，我開始出現幻覺。

剛從耳鼻喉科走出來，我又聽見有人在叫我，不是我，關於某個名字，起碼不是現在的我，是以前，那都是夢，是以前常作的夢，在那些夢境裡，有人直喊著：「猴子，猴子……」

事情該從哪裡說起，那時我坐在前女友的婚宴裡，時間正是我第三個月沒有業績的領薪日。他們說我不用包紅包，他們說欠我太多已經還不起，大概要下輩子才能還清；他們說我是他們的再生父母，他們說我是兄長是最親的家人；他們讓我坐主桌，他們讓我坐大位；那已經是我前女友丈夫的男子，那天還哭著叫我一聲大舅。

難堪，大家都知道我們三人的關係，大家都笑我為他人拚死拚活，讓他人娶妻；我無法說話，整場婚宴都握著玻璃杯，不想喝酒，沒有白蘭地威士忌，我察覺到自己的呼吸平穩卻是拉長的節拍，我是深深地傷心，我想我愛她，我想我喜歡她——但僅止於身體，我想起柔軟的山丘一座一座，我和一隻獼猴在那跳呀跳。隔著玻璃杯，我看見自己憔悴的臉和映在杯子上的幻覺——那睡在我身旁的白皙軀體——她偶爾還是會過去我那，那樣就好。

如喝了酒，一股熱氣衝出太陽穴——沒有祕密，也不用鎖門，她會去的，當然他也會出現；當他木然呆坐在我的兩人沙發上時，我已經到達山丘的頂點，我還朝著柔軟的軀體親吻；他能說什麼，他只是微笑，然後以一貫無賴的模樣說：「大舅，你可以幫我們去申請低收入戶嗎？因為我不識字，這你知道。」

一扇門緊閉，我在滴酒不沾後離開婚宴現場，還是莫名地滿身酒氣，像是鬼一般光聞到鄰近的酒氣味，便吸得太飽了，我拚命打起飽嗝；有點不捨卻又想笑，在離開時，我瞥了新娘一眼，她的眼睛有淚滴，她的神情像陰陰的燈火在雨天，她是笑著的卻偷偷對我哭。

從曠野的夜晚進入城市的霓虹，繞過夜市攤販的區域，走進黑暗的街區，修好一天壞一個月的路燈沒作用，那股尿騷味，肯定有醉酒的人經過，像流浪狗貓的行為，撇了撇，那區域也不會是他們的；那是政府的，再過去一點是房東先生的，是他家祖傳留下來的畸零地，剛好可以當停車場，從此房東先生和太太不愁吃穿，不過這也是近幾年的事。

之前這裡荒涼，離市區遠，交通不變，下交流道要經過山區，繞了九彎十八拐狀的道路，才能接到這附近，從幾千元到兩萬多，三坪大的套房堪稱是奇蹟，一塊木板，一間衛浴，沒有任何空間了；濕潤潤的枕頭，散出霉味的被子，床鋪底下，我設計的衣櫃，我裝設的防潮箱，因為我是業務，所以最重要的是衣服。

還沒進門，我正在低頭找鑰匙，就聽見房東太太猛在一樓喊：「黎先生，有你的掛號信。」

不想下去，在冷冽的冬天，但又心急會是客戶的資料，只好帶著滿身的疲憊，我轉頭下樓取走掛號信，說聲謝謝，直接轉身上樓，卻聽見房東太太說：「黎先生，已經寬限兩個月了，不知道你這個月方不方便。」點頭，尷尬微笑，無視於房東太太的殷勤囉唆轉而憤怒的喃喃，我直接上樓，緊握手中的掛號信。

那是不是惡作劇，有人丟了信就逃跑，寄件地址不詳，收件地址模糊，郵戳一大堆，信紙樣式古老，那是陳舊的氣味，像祖母很久以前珍藏的繡花鞋，那是她的嫁妝，是她娘家還未沒落的證明，那字體是珠花，那鋼筆的痕跡是亮片；如果我沒有猜錯年代，由一個郵戳跳到另一個郵戳，就能將年代由二十一世紀回溯到二十世紀——那第一個郵戳上面的鉛印，很難相信，那是我父親也還沒出生的年份，這難道是封整人信？

顫抖，震驚，害怕，像撞鬼一般；在老家的童年，我找不到一同睡的祖母，我想上廁所，卻聽見遠方傳來，那嘶嘶嘶的聲音，有時哀怨，有時憤怒，聲音忽大忽小，有時悲傷低泣，有時莫名興奮。那嘶嘶嘶聲會唱歌，那嘶嘶嘶聲會說話，喀咕喀咕的聲音。

有鬼，有人在異次元時空入侵，有人變成猴子，在看不見盡頭的深淵；那是謎一樣的臺灣獼猴靈魂嗎？莫非是我背棄了某種誓言，在我長大之後……那是鄰居的說法，獼猴為了救溺水的我，自己犧牲生命；獼猴被野放回山林，卻仍逃不過被獵殺的命運；獼猴成了家道中落黎家的補品，那時祖父就快要不行。

沒有人證實，我們曾經沒落辛苦；後來中興黎家的大伯父，靠的是什麼方法，他做的又是什麼事業，沒有人談起；當再度脫離困苦日子時，大家只說要改建房子，要讓祖先住得舒適，要讓子孫有家可回。

那是我第一次聽到幻聽，那在耳邊的喀咕喀咕聲，還有一聲聲，「猴子，猴子……」

現在是什麼年代？二十一世紀的臺北，我不在老家，我不住在那後來翻建的鋼筋水泥屋裡，我不再和祖母同睡於紅眠床上，我的祖母去世在一九九〇年，她活了九十歲。我父親是她最小的兒子，我是她最小的孫子，她的葬禮上不准大家哭泣，她的靈堂都是粉紅色的，她還有曾孫子，當時和我同年紀，他捧著祖母的神主牌，他那時神情顯得寂寞孤單，只有拿著白幡旗的大伯父陪著他，他們相差五十幾歲。

是被遺棄的信件，寄出來的年代混亂，那是一九三八年，當時的局勢不安定，是郵務業的疏失，一拖就是兩年，看不清楚的地址，只看到關山類似的字眼，而後又是一九四五年郵戳樣式更換，一九四七年信件到了臺北，而後輾轉經過板橋、埔心、太平、嘉義市、新營、屏東……

繞了一圈又一圈，信件泛黃，唯一抹不掉的是收件者的姓名——黎東昊。那是我的名字，也是祖父改名以前的名字，因為一九四七年的事件爆發，遠離老家，去到嘉義山上，之後歸來，祖父那時已經改叫黎源清，他總說：「清者自清。」

也許是紀念，時代已經改變，我的名字中間不再按排行，也因此避開啟字輩，我叫黎東昊，但我跟祖父卻一點都不像，鄰居說：「你祖父是有理想的人，他做事總不逃避……」每每聽到，我應該要大笑三聲嗎？一個民國前出生的人，他當時已經幾歲，「三十而立，四十不惑，五十知天命……」而我還年輕——只是卻早已顯露些氣質，我總是畏懼，我始終膽小，那夜裡的陰影，像水一般的月光，我莫名地恐懼，尤其是那咯咕咯咕聲。

這麼說來，這應該是祖父的信，卻繞了臺灣好幾圈；經過了一個世紀，它來到我手中，莫非只因為郵局查來查去，就只有我一人叫黎東昊，就不管三七二十一，直接就把它寄來給我就對。但也太離奇，我的戶籍仍在東山，我的聯絡地址雖在臺北，但也只有手機業者那裡有過填寫紀錄；真的很神奇，也許真的只有我一人叫黎東昊，這是宿命，還是另一個玩笑？當時，一九三八年，難道沒有許多人叫黎東昊嗎？

是召喚，被那封比我經歷的年歲還古老的信所召喚，如夢裡一直聽到的聲音，那些畫面，黑夜裡的獼猴和我，我是自願走過去的，沒有人強迫。

小心翼翼，深怕會有風化現象，還好這裡的天氣總是潮濕，這裡的空氣總有水分，坐在還很吵鬧的臺北城裡，在鐵皮屋加蓋的環境裡，我的牙齒直打哆嗦，卻不是因為冬天的關係，全是因為一封信。

我真的打開，以顫抖的雙手，從小膽子小而長大後卻天不怕地不怕的我，那是鄰居們眼中的傳奇，他們說：「那隻神猴的膽量都給了我，所以我才能平安長大。」像是催眠，那些我搞不懂的話，一句句佛經般的旋律，我真是家族相簿裡那個自閉的小孩嗎？我該感謝那隻我不知道有沒有見過面的臺灣獼猴嗎？而現在，我又該閱讀手裡的這封信嗎？

從一開始就害怕，那上面的鋼筆墨水痕，我是在閱讀歷史，我是在觀看一個也叫黎東昊的過去，那裡面會有什麼機密？如果當時這封信真是要給我祖父的，是有關於戰後的事情，那些混亂的局勢，誰又能控制得宜？賣布的商人穿梭，賣茶葉的商人聚集，用另一種方式經營，和銀行掛在一起，那些空出來的土地，新的權力新劃分，祖父當時是一片熱血，還是有什麼經濟利益？

一字一句掠過，我闔上書信，那是我到不了的時空；但我卻在討厭祖父外遇的同時，莫名地愛上那寫信女子，我不清楚她是誰，卻能肯定，這的確是給我祖父的信，一句句昭明哥……黎東昊，字昭明，那是我祖父，事情千真萬確。

雙手仍顫抖，我的腦海裡有一女子沉默，眨眨眼，擺脫幻覺；又看起信，那是多麼荒唐的鬧劇，那個時代的錢，一百元能買房子了，而我連打完折後一萬多塊的房租都付不起。

幻覺便是由此而生，跟隨那信件而來，就像某種寄生蟲終於找到宿主，我的幻聽，逐漸讓我煩躁。沒有幾天，當鄰近的套房月租都漲到三四萬起，我還只是一個沒什麼業績的業務，從房仲業到汽車行然後是中古汽車業，那像是種提醒，彷彿某種隱藏的預言，該往哪裡走……我還沒有思考和準備；然而房東太太二話不說，她將我從租屋處趕出來，這一秒鐘的我，距離收到遺失情書的時間，也不過才短短一個星期。

03

我又從另外一個地方逃跑，那是我工作的地方，完全沒有想過未來要去哪裡；像某種切割，還是在跟那間陰暗濕冷的狹窄套房賭氣，以最爛的工作去陪葬，什麼沒底薪，一輛車抽十分之一（小氣老闆唯一付過的最高比例）月薪常常都是一萬有找的窘境。

其實說再見，對我而言，真是輕而易舉。我擁有過很多，我在這個異鄉的城市裡，我不會把這裡稱作家，畢竟我對「家」有太多不好的印象，就像原生過敏性病症，對那個詞——家，嗚——哈啾哈啾——哈。還好家這個東西不是花粉，它不會輕易隨便移動，也不會隨風飄。

我稱這座城市是我的朋友，因為我的朋友都在這，假設我現在發生什麼意外，會趕到醫院的大概有哪些人……火速衝來的，應該是我前女友和她老公，他們會日夜照顧我，就像我的親人一樣——我們是朋友，一種命運交織而成的朋友，沒有刻意、不矯揉造作；我們真只能是朋友，因為一樣的故事，因為被遺棄的遭遇，因為孤單寂寞和一些卡在心裡頭無法說的因素——心那裡就是空空的，只好輪流用彼此將自己的世界填滿。

我們三人的世界真的很小，一座花園，高興的話，就叫它作伊甸還是崑崙，那些代表另一個遙遠不可考年代的最後神話；前女友和她老公，唯一一對倖存的人類，而我只是個使者，我負責照顧他們，僅是這樣，只能這樣，我把自己排除在他們的愛情之外。沒有原因，真要說是什麼，那大概是因為關於我和前女友之間，我總覺得是某種因果輪迴，那不是愛，有時候我迷糊，但大多數時間我卻很清楚；我愛的是身體，她的身體，忽然間幻覺又起，我看見的女子身穿灰粉色裙。

以為看得很清楚的人生遭遇，或許還不夠清楚，那是不久以前的事，我還是常用吃東西填滿空虛，還會在小套房裡細數朋友間的情誼。保險公司的同事還聯絡的又有幾人，車行的技師倒還維持一年吃幾頓飯的友誼，至於中古車行，如果我沒死還有利用價值，也許一年會想到我幾次；至於其他鄰居，買便當買到熟稔的阿姨，喜歡找我晨跑的賣金紙阿伯，我們是朋友，在鐵皮屋下的朋友，在那老舊社區裡，我們像家人，但我寧可說是朋友。賣麵的黃師父喜歡講古，我是他的忠實聽眾；教跆拳道的阿忠夫婦，我是他們的證婚人；時常都會借我錢叫我要努力打拚的張奶奶，她還是我兼差直銷的第一位客人。

臺北是我割捨不掉的地方，這裡曾收留被家一腳踢出的我，但如今，這裡的一切卻逐漸遠離我，只剩下打工的紅茶攤還有兼差的直銷公司，我開始想哭泣。

不是第一次被遺棄，我總覺得被丟掉的是自己，雖然父親說：「看牠可憐，所以我將牠放生。」那是獼猴出現在家人談論話題的最後，據說牠被載去山上，回歸山林；但那是事實還是另一場我聽不懂的謊言，是為了遮掩，還是試圖營造某種假象？如我收到的那封信——給祖父的情書，原來我父親不是爺爺排行老五的兒子，老五另有他人，真是晴天霹靂。

「風似雨來冷風飄，孤零一人倚門梢……」

昭明哥長昭明哥短，那人懷裡的一歲小孩，彷彿透過紙張，他睡著的模樣是假象，那孩子每晚都期盼，要阿爹回家。

那才是真正黎家的老五，原來我父親是老六。

儼然一封假遺棄之名試圖想喚回什麼的書信……她的心情應當很紊亂，那女人啊……磨人的憂鬱，孩兒啼哭聲——信上「沒有恐懼」一句更顯得故作瀟灑後的真實可悲，那女人還真傻氣，總是欲言又止——繞到那某天庭園裡，一隻幼鳥枉死……那又是什麼意思，該斷的不想斷，想挽留又說緣分已透，人萬般無奈，不能相守白頭。

說什麼自己有能力養大孩子，那女子是何來歷？祖父哪裡認識的，是北上做生意遇見的，是獨門獨戶經營的，還是煙花柳巷裡買出來的？聽父親說：祖父曾在日本讀書……那會是同學嗎？但年紀不應該相當，推算，那女子該小個祖父二十歲吧；年輕女人的心事，那時的年代，為什麼要在一九三八年寄出，當時祖父是不是做了什麼事？

依我看，是祖父先說要分開的，那女子是為了挽留所以走險棋，才特意寄出這封信。但說巧不巧，信件遺失了，注定是被遺棄的命運，儘管想要偽裝，是逃跑，是自己主動的分開；可就是種預言，之後是某種實現，信被時代遺棄那麼多年，那女子連同我從未謀面的五伯父，他們也和信件一樣被黎家遺棄了七十五年。

也許都不在了，最後連故事都被人生給遺棄。他們擁有的東西多嗎？金錢房子物質朋友，還有往昔的回憶，以後的曾經……他們曾有過什麼可以感到不孤單的，能夠遠離被遺棄的絕望，那種無法擺脫的自卑感；他們究竟在和祖父分開的前後，都擁有過什麼，他們後來還待在臺北城嗎？一九四七年後……

原來，我不是第一個被黎家遺棄的人，不該稱遺棄，我是逃跑，和那女子一樣，我是逃跑她也是逃跑，她為了她的孩子不被黎東昊拖累，所以逃跑，事情很合理。只是不知是否改嫁，拿著僅剩的一百元和一封黎東昊的託孤信，他們是不是被查到了，所以到了臺東，等事件平復又返回臺北？他們的命運和那些泛黃的故事，直到一九四七年後，他們又去了哪？

記憶裡，祖父曾經離家多年，想想，當時他是不是也跟著那女子一起搬家？這封信又是否重要？當年的祖父因為愛，是不是連信都沒看到，就又和那女子繼續在一起，他們一同積極政治，然後又消極逃跑，假裝不想拖累黎家，所以故意不讓黎家找到，直到一九四七年的臺北城爆發重大事件？

開始相信那不是祖母的夢話，我曾在夜裡聽見的喃喃，祖父曾消失十年，十年後回到家鄉，他改了名字，從此黎東昊消失；或許，並不是完全消失，因為我也叫黎東昊。

04

我是猴子，但我曾經從這個綽號裡逃開，遠離家鄉，我來到臺北，從此「猴子」還有臺灣獼猴的故事與我無關，我叫黎東昊，我剛失業，揹起乾癟的行囊，幾件襯衫五條領帶三件西裝褲，我將所有的外套都穿在身上，今年的冬天異常低溫。

公園是我唯一的去處，「猴子……」那幻聽的症狀卻沒能改善；一瓶礦泉水在手中，我獨自坐在長椅上，我是二十一世紀的黎東昊，會和一九四七年的黎東昊坐在同樣的位置上嗎？

如果是我，鄰居以為的我，完全不像祖父的我，當時，我會常去茶館喝茶嗎？談論什麼，我的耳朵吱吱作響，像在調整頻道，我的耳邊開始有其他人的聲音回盪。

一個女子說：「我不會讓他沒有母親，這點你就放心，我會保護自己，畢竟我有讀書，我不會屈服於女子的命運。」

那是誰的聲音正在跟我說起，是我這個黎東昊，還是上一世紀的黎東昊，他當時怎麼回答，我又該如何回答？那女子的眼眸，我深深地以為自己曾愛上過。

原來那情書的主人不是酒家女，她還上過公學校受過教育；耳邊充斥著火車的聲音，然後是鋼琴的聲音，有人對著我耳邊說：「那裡是長榮高等女子學校。」

那女子成為教師，那女子真的早一步離開祖父，就在那封情書迷航的時候。

無法明瞭，祖父究竟為何事離開黎家和那女子，一九四七年的細節我不了解，那火車聲之後，我聞到茶香味，然後是滿滿的煙味，有人發出喉嚨深處的咕噥聲……一觸即發的事件，那個黎東昊又在哪邊？

我置身在混亂的黑夜，每一個經過崗哨的人都要被盤查，一個人馱著一袋東西偷偷摸摸，像知道別條路的模樣；直跟著走，走下石子路，步入林邊小徑，這裡不是臺北，卻還是門禁森嚴。不時聽到軍人抵著槍走路的聲音，那鞋子冰冷冷的聲響；前方馱著東西的男子，他小心翼翼地穿越竹林，繞過土地公小廟，先是依在木門邊觀察，沒有動靜才進去，把東西放下一點，接著馱著原來那袋東西，他走過小溪，寒冷溪水如有魚囓上那小腿一口又一口的疼痛。我跟著穿梭在陌生的地方，直到又走回有人居住的地區，敲三聲門，有人打開，那男子趕緊走進去，悄悄放下那袋東西，又旋即將東西塞往床下。

有人在叫我，一聲聲黎東旲，應該不是我。

原料、軍人、警察、公營事業，緊張的聲音正在我耳邊呼嘯，看不見他們說的那些鄉紳，被抓了，哪裡去了？只知道最後的聲音是船聲，那是最後一聲黎東旲。

猴子的叫聲，喀咕喀咕，原來上一世紀的黎東旲有養過猴子，他最會畫猴子，那是女子信上說的，她的孩子吵著要父親畫猴子；但船過水無痕，黎東旲消失，我只認識黎源清，他只會寫春聯，他還救過一隻臺灣獼猴，他很早就離開我的回憶，比祖母早上好幾年，也許那獼猴就是跟著他死去。

沒有被時間遺棄，跟之前的情形不一樣，猴子被留了下來，我是猴子，黎東旲也被留了下來，我是黎東旲；一樣的命運，我也被迫離開家鄉，在臺北一待就是十幾年，像個人質傀儡之類，到處迷失在陷阱裡面——我的好幾個一百萬，找工作為什麼那麼難，房租為什麼這麼貴，愛情為什麼那麼遠……那女子，我的幻覺，愛情真的太遙遠，祖父的故事也離我好久遠，但他卻狠得下心讓我作黎東昊。

和紀念無關，我慢慢知道，那名字就深印在我身上，像線索，祖父似乎試圖想召喚某些人回家。

我緊握手中的礦泉水，我的怒氣就快把寶特瓶捏碎，直是瞪大眼睛，我感到身上的毛髮全變成動物那般的硬毛，我的毛色逐漸轉化成灰棕色，我褪下外套一件又一件，不再覺得寒冷，渾身都是力氣，那不需要站直的雙腳，我不再需要椅子，蹲下，我看見自己全身——我已無需衣裝，輕輕一跳，我爬上樹，那是我的模樣，我抬頭看天空，夜晚的白雲，午夜的星星，我是一隻猴子，我不再需要言語。

汪汪汪，我所處的位置，在一棵黑板樹上，我看見底下有隻狗，直盯著我剛才坐的地方瞧。那是多麼憐憫不捨又是愉悅幸福的表情，難以理解的動作，那隻可憐的小黑狗，牠的眼睛像星星一般閃爍；悄悄地趴下去，牠直看著公園長椅底下的地方，牠還舔了舔自己的兩隻前肢，像正擁抱著小狗一般，牠在親吻牠的小狗。

沒有小狗，這裡有的是異常寂靜，我不再聽到陌生人的言語，我只感到自己的吱吱和嘶嘶聲，我是隻猴子，我開始要住在樹上；那很好沒有房租，我只需拿葉子鋪一鋪，就可以準備睡覺。那真是特殊景象，樹下長椅旁的黑狗，牠的頭輕輕晃，像自己給自己唱搖籃曲一般，牠輕輕闔上眼，發出一連串的氣音，嗚嗚，嗚。

那是我成為猴子的第二天，很不巧，公園即將搬遷，當人類的我已經被房東太太掃地出門，成為猴子的我又將被趕出公園。

不想走，我不相信他們會拆了這片擁有高大樹木的公園，也許是整修，鋪鋪地磚，換換路燈就走；難以相信的畫面，挖土機一來，沒上潤滑油的聲音，生鏽金屬鏗鏘響，喀喀，挖土機正向著擺放長椅的地方挖。

黑狗不肯離開，工人吆喝了幾聲，黑狗拚命叫，直對著挖土機叫，牠滿臉驚慌失措的模樣；一直吠叫，擋在挖土機的前方，不時回望長椅底下，牠在看什麼，又在保護什麼，又是什麼會比牠生命重要？

工人丟石頭，有人砸中牠的腳，流了血也不肯離開，黑狗眉頭都沒眨一下，四肢像紮了根就那麼定在挖土機的前方，宛如銅像，牠作最壞的打算，也許挖土機就要下來，連同牠一起鏟。

一個身材短小精悍的工人跑過去，他瞬間抱走來不及抵抗的黑狗，挖土機趕緊趁機挖，挖長椅的四腳，黑狗被工人擋在施工現場外。衝撞，跳躍，又被攔下，還被石頭丟傷，右眼上方有傷口，黑狗眼都不眨；牠直對著長椅下哀嚎，像哭泣那般的難過，四肢癱軟卻還是要奮力往前爬。終於公園長椅被搬開，挖土機又加緊往椅子下挖，拚命挖，努力挖，突然眼尖的工頭比了手勢，挖土機暫停，工頭小心翼翼靠過去，赫見白骨一堆，他嚇壞了直往後跳。

其他工人紛紛上前圍觀，黑狗說時遲那時快，繞過了工人的人牆，一個箭步撲向那堆白骨，發出從內心深處呼喊的沉痛哀叫聲，那像是在渴求一種希望，是絕望後僅剩唯一的一點點企求，「別再挖了，放過我們吧，放了我們。」

工頭這才靠近又仔細瞧，他拍拍另一個工人說：「原來是狗骨頭，嚇死我了，沒什麼，繼續動工。」

「那隻狗該怎麼辦？」彷彿是我的人聲，但怎麼可能是我，我只是隻猴子，我連咕咕叫都還沒學好。

是工人的聲音，有另一個工人對著工頭說：「那堆骨頭和那隻狗該怎麼辦？」

工頭望著那可憐黑狗，他也不禁感嘆搖頭，「這裡沒地方埋了，大樓就要進駐；這也是沒辦法的事，現在啊，寸土寸金。」

硬是把黑狗拉走，隨手拿了只垃圾袋就將那些狗遺骸裝入，另外一個工人拽了就拿到附近路口；噔噔——噔噔——噔噔噔，垃圾車來了，清潔人員收走，黑狗在後面狂追，一不小心，一輛白色的車，引擎蓋上面全是血。

那是黑狗的什麼人，是愛人是親戚，是父母是小孩，如此不離不棄；在這個即將被社會，被這座即將消失的公園所遺棄的命運底下，沒有考慮自身安危，那隻狗，牠只想守護，牠不想復仇，只是一直守候。

咕咕咕，我在樹上狂叫，但樹下的工人卻沒聽見，難道是我的聲音太小，還是挖土機太吵？先是公園的人行步道，然後是樹木，我的家頃刻間消逝，我從高空中跳下，接著昏厥。

那是很吵鬧的地方，有人喝茶有人買東西，有人還輕聲地附耳過來，「黎東昊趕快跑，這裡即將被包圍，有人要把事情鬧大。」

被翻亂的桌椅，有孩子的哭叫聲，幾聲槍響在身後遠方……不停地跑，黎東昊的名字也隨著時間逐漸在我身後丟失，那些即將隱沒的茶館飯館，都在一瞬間，黑壓壓的人群裡，如垃圾一般腐化消失，沒有尖叫聲，只有槍響，趕在車潮和人潮全面被封鎖前，我早一步逃開。

05

原來，我住的附近根本就沒有公園，我是迷路了，不是被遺棄，我不是逃跑，我只是找不到路回家；幻覺中，我看見另一個黎東昊，當時他是想回家的。

沒有報復的怨念，很多人當時都只想到回家，不是害怕自己，而是想到妻兒，就在混亂的大街上，很多人閃過的名字，是自己孩子的，是自己妻子的，只想待在自己家裡好好地喝上一口茶，然後跟家人好好說說話。

我真正擁有的東西，其實很少，我用過就丟，當然也包括前女友；只是捨不得那柔軟的山丘，所以我說那是愛，就愛她的身體，儘管她要作我的乾妹妹就好。讓心裡老是空出一大塊，沒有人進出，那是報復的心態，我終究不是黎東昊，我不是上個世紀的黎東昊，老家的鄰居們說對了，祖父是祖父，我是我，他有他要守護的東西，可我沒有，起碼以前沒有；所以，我像隻報復的猴子，不索命，我索愛，一邊逃離一邊向黎家勒索親情和愛。

眼淚直流，那是過去的我，兩個黎東昊正在合而為一。是什麼時候褪去那身毛皮，我灰棕色的樣子，咭咭咭的聲音停止，我的毛髮逐漸轉黑，我的身體逐漸恢復成長著細汗毛的模樣，還穿著剛買不久的淺銀灰西裝褲，我身上的外套也一件都沒脫，我仍提著行囊閒晃；在人群最擁擠的地方，從車站出來，我開始往熟悉的地方走，真的沒有公園，我剛才是坐在捷運車廂裡。感到疑惑的是，我竟不知道自己是從哪裡搭車的。

幻覺，也許現實才是幻覺，那是我所知道的故事，我自己的故事，沒有人杜撰，那是我的記憶。

我五歲先會爬樹，之後才肯乖乖走路，不習慣腳掌貼地的感覺，我喜歡踮腳尖走路，從此猴子的綽號不離身直到離開老家。

六歲時，祖父離開黎家上了天堂，家裡燒了金山銀山給他在過往的世界用，還有別墅、僕人和轎車，每個送來的花圈都寫黎源清太老先生，惟獨一個寫——黎東昊太老先生，家人把那花圈藏了起來，沒有人談論也不去計較花圈的來源，就是默默地直呼著祖父晚年的名字——黎源清……像是偷偷摸摸，在極為低調的情況把喪禮給辦完。

一直沒有印象猴子的事情，七歲那年，我開始調皮搗蛋故意惹人生氣，總覺得黎家老宅不是我的家，那是種奇怪的感覺，我總想外跑。有人提議收驚，有人建議問神，有人說：「會不會是當初喪禮辦得不好，有去沖到。」還有人說，是祖父墳墓風水丕壞。什麼話都出現，有更多人認為，會不會是祖父的債遺留在子孫身上，但祖父又有什麼債？我當時不懂，現在推想：難道是借錢去搞政治沒還錢，還是玩政治玩出人命沒有賠，或是因一時衝動鼓吹其他商人士紳加入不知道會流血的革命，抑或，他欠那女子一個家，欠自己兒子一個父親。

原因不明，只是覺得孤單，在心裡老覺得像是被什麼人遺棄在這個不屬於自己的地方，太陌生，因此感到害怕恐懼想抵抗，沒來由的憂鬱，上國小的我就是單純一味地想逃家。

後來我跑到姑姑家借住，三年後，我離開家鄉讀高中；就此以為逃離被遺棄在黎家的命運，但更強烈地感受著，自己荒唐的每一步都像是要把自己推上成為棄兒的命運——我是被黎家遺棄的人了，因為一個名字，黎東昊。

是祖父純粹想紀念，還是有話沒說？祖母和父親都討厭這名字，他們說不祥，然後母親也跟著厭惡；不喜歡他們都站在同一陣線上，沒有人在我這邊，彷彿那柔軟的山丘上，有黎家的其他人，而在山下，卻只有我，一隻獼猴，還有走遠的黎東昊。

高中以後，我愛上喜歡穿裙子的女孩，她們甜美可愛，揮揮手之後，流的眼淚像裙襬搖晃，那是風裡的景象，我心疼我親吻，最後在月光流洩後離開。記憶混亂，有時，我覺得那不是自己兒時的回憶，那些交纏在一起的軀體，我以為的精靈，他們當時不在我父母房裡，他們只存在於我的記憶；那是祖父遺棄的東西，他和那女子的祕密，卻因為捨不得，所以便將一切印在我腦海裡。

一個名字，一道封印，一段祕密，祖父愛過的那女子，後來她過得好嗎？彷彿只存在過一個背影，很模糊的印象，在月光的河流裡，其實是在榻榻米上，那灰粉色的裙子是件和服，年代有點久遠，色彩褪逝。

我可能，誤會了什麼。

有人想到要報復卻是最荒腔走板的戲曲，所有的故事是當時沒有辦法的辦法，年輕和有知識的，做了什麼說了什麼，心裡都只想到家——家啊，再喝一口茶，總覺得再等一下就能回家。和我想得不一樣，我只想離開家，去很遠的地方，那裡有人召喚，有人需要守護，心刻意不塞滿，空出來的位置原來不是要報復，也許沒有溺死或是被宰的猴子，那些奇怪又紊亂的謊言；冥冥之中，總覺得有什麼真相正等著被填入，那是需要去尋找的，不是待在家就能看見的。

黎東昊不是英雄。祖父去世十年後，有人問我們要不要申請賠償，父親一口回絕，「他當時是離家出走，只是離家出走，那是逃跑，就只是逃跑……」

我也注定成為不是英雄的人，我讀了馬馬虎虎的大學，找了份以為可以混很久的工作，我在臺北望見祖父曾經瀟灑踩在這繁華城市的足跡，我們也許做過同樣的事情，買貴重珠寶給女朋友，買豪華代步工具，卻忘了買房子，那是最失算的地方，祖父孑然一生逃亡，十年後空手回家。我，二十一世紀的黎東昊，我賺得的第一個一百萬，我買鑽石給只交往三個月的女友，還買了一臺車，最後酒駕撞爛報銷；我的五十萬、三十萬、十萬，我都忘了存款，沒有房子，我還是一個人，而最好的狀況是，我並沒有流亡。

沒有黑狗，沒有公園，我不是猴子，我是黎東昊；站在中古車行，我遞上履歷，我在找工作，神情茫然卻很習慣。老闆一口答應，這次是有底薪的，看起來蠻有制度的模樣；巧的是，那老闆也姓黎，他父親也跟我父親同樣字輩，他父親叫黎念東。

「咭，咭……」那是我最後一次聽到幻聽的聲音。

預支半年的薪水，我客客氣氣地謝過老闆之後，卻莫名地想掉淚，是命運是注定，我想我是黎東昊，此刻的黎東昊已經完整，卻整整遲了六十幾年。

拿了薪水回到房東太太那，所幸，她還沒將套房租出去，繳清前債後又付了一個月，我把行李從容放下，才一剛坐上離開一天一夜的房間，只聽見樓下房東太太氣喘吁吁地跑上來，手裡拿著一封信。

那是寄給二十一世紀黎東昊的信，是給我的，是母親寄來的家書，她問我最近過得好不好，還說老家附近這幾日有不錯的單位在徵人，她希望我回去工作，不要離他們那麼遠。

這次，給黎東昊的書信沒有遲到。

連同第一封遲到的家書放在一起，我坐在租屋處望著我行李以外的空白位置；一切又將開始，關於黎東昊的故事，在一九四七年二月天馬茶坊外的地方。

改名換姓

買屋篇

01

站在折線的最低點，數字一下子像坐了雲霄飛車，它們要去哪，一望無際的天空，像是鏡子的兩端，葉子芩的最低點，那像是她天生的缺陷，去擁抱那生命中最想拋棄的那一點，殘酷、無助、一點異樣，乃至於覺得特別，的確是鏡子的效果，她站的那個位置，鏡子裡的另一面，她地下的大片鏡子，她落點的那個黑影正往下無限蔓延。但她看錯了，那是另一個世界，鏡子上方，不屬於她真實世界的那一面，那是往天空無限攀升的數字，那些一條又一條的短線，從黑點往上跳躍，當葉子芩自以為那是更為低陷的幻境時刻時，伸手摸摸口袋裡的存摺，她微薄的存款十幾萬元，已經是她這些年來很辛苦攢下來的成果，在龐大的房租壓力和生活開銷中所演變的巨獸——就從那龐然大物的口中，她好不容易才搶回這一些數字。

臺北市平均房價每坪六十幾萬元，平均房價所得比增長為十一倍，平均房貸負擔率來到百分之四十八點二，據說：大×區已經攻破平均每坪房價百萬元，信×區也已逼近平均每坪百萬關卡，就連最便宜的萬×區，都已經突破其他都市的每坪平均價格，即將攻上五十幾萬元……像一種忠告，那是老臣們的提醒，那些一輩子為葉家拚上自己一生的忠誠僕人們。每當夜深人靜，如幽魂般地回到過去，就站在還未改建的三合院，在那最邊邊的角落，遠離了所有的護龍，就在那陰暗的洗澡間裡，一半磚牆，一半木板，舀著一盆剛燒好的熱水，嘩啦啦的，如熱油般被倒進寂靜冰涼的冷水裡，那些剛從古井打上來的冰水，一陣激烈的反抗，無法融合的冷熱，像是爆炸般地彈出，那些渾濁熱氣的水珠沒有適時攪和，那些僕人們的心情，那是無言的抗議，又像是怕賠上自己的身家性命；大樹千萬不能倒下，要留點本東山再起，好養活他們那些只行走在黑暗間，忙日忙夜的僕人。

真的確定，不到別的地方看看……葉子芩仍怔怔地看著黑暗裡的那些人影，倒水的影子，一個一個黑色圖騰逐漸扭曲，活像是尾長了腳足的黑蛇，慢慢地將彼此的頭偎著，一個接一個像是在述說某種祕密；那龐大的陰霾，在煤油燈即將燒完的前一刻，那是一隻完整的巨大黑蛇還吐著舌信，在芭蕉園旁的小屋子完全暗下來之前。傳說在葉家祖父甚至是更早以前，那從某塊碩大而支離破碎的土地，輾轉從南洋各島嶼，以一種迂迴跳島的方式，葉子芩的家族終於上岸，在當時以首府聞名的地區。他們在那作生意，作布的生意，也作過茶葉生意，他們曾經很龐大地繁衍在那些紅磚道和福州杉所構築出的城市幻影裡，他們的富裕也延續到發展成建築全染上巴洛克花草的那個時期，他們賣茶葉賣布，他們也有務農，他們的鄰居正是那個神聖蒙過康熙恩詔的南管家族，南管團仍在紅磚屋與杉木樑下演奏，只是他們換上了烏瓦，那個時期特有的烏瓦，還將地板上的花紋，以一種馬賽克風格的拼貼，構造出流線得有如金絲般輕柔飄過地面的紋理。

但那是葉子芩沒什麼印象的事情，自她有記憶以來，她沒聽過有關於南管團的演奏事蹟，如果真有如此水準，那還真該在國慶表演節目上軋一角。

具有歷史傳承意義的傳統南管樂，成員平均七十五歲，再不表演就怕歲月不饒人，那個橫抱琵琶的老先生視力越來越模糊，那個吹小嗩吶的老爺爺聽力是越來越飄邈，站在他耳朵旁大吼的聲音，竟是他心底以為來自於幾百公尺外的呼喊；還有負責洞簫的，據說也是葉家附近的老鄰居，他爸爸是南管樂團的人，他阿公也是南管樂團的人，他阿祖還見過康熙皇帝，他家有御賜的墊腳金獅，他已經退休多年，他偶爾還會教孫子二弦，說是老了，使不上勁，沒力氣摸那些竹管，只好改碰些拉拉扯扯的樂器。

沒聽過那些聲音，葉子芩確信，有關於她老家的那些事，就如風聲，是一種想像，好比竹林裡的風聲，有如淒厲的鬼魅之音，好似強風颳過柏樹時那些沙沙聲，那些在暗夜裡類似人走在木板上的聲音；沙沙，彷彿有人走來，在葉家於日治時期趕流行所裝置的維多利亞風格式櫸木拼花地板上，葉子芩趴在那，她就只能趴在那，無助地以為，有人正要來抓走她。

全都是風聲，那些想像的畫面，古井裡那迷路的風，由河邊滲入卻繞不出井底，那四面都是磚造的古井，那些木板的喀吱聲，浸濕的繩子和瞬間風乾的繩子，一半一半相互拉扯著，風在裡面焦急地哭號，木桶和繩子在井外爭吵；有人說，是老闆生氣了，是老闆和老闆娘吵架……不，是老闆和他的小情人，那個剛來的丫環，那小蹄子叫阿琴，可厲害的手腕，不到幾天就勾搭上老闆。噓，仔細聽，他們在爭吵，背著前夜傷風感冒的老闆娘，就在井邊，那冷颼颼的秋風吹過，當時的九月天裡，夜裡的溫度已開始冰冷，那阿琴穿著薄衫，她在梳洗著長長的髮辮，老闆走過去，老闆威脅她，老闆還同她吵架，沒發出多大的聲音，那不是名譽的事情，老闆希望她走，阿琴不肯，定是不肯的，掙了那麼多天，她非得成為個姨太，要不也該是外面的那個金屋藏嬌。老闆沒輒，那是風驟大驟小的一夜，那些沒睡著的傭人、不敢睡的僕人、守夜的人，他們全聽見阿琴的叫聲，如被摑了一巴掌之後，還試圖掙扎，然後是高音爬上針尖的恐怖哭聲——那時候有水聲，很多人都聽見水聲，難不成有人落水了，有人……阿琴自殺，還是老闆——沒人敢過問，只知道天一亮，那些早起煮飯打掃的僕人，誰也沒再看過阿琴，那是屬於葉子苓祖父那年代的故事。

早就沒有本了，在大樹倒塌之前，曾有人被遺棄。

據說葉子苓的父親被葉家祖父遺棄，生為獨子的他，隻身回到臺北，祖父要父親自己闖些名堂。怎麼闖？他只是個師範學校畢業的學生，他不喜歡做生意那檔事，有些朋友就要他參政，那似乎是種趨勢，還是種流行，當老家的布行、茶行都面臨轉型時；那個又回到南洋的親戚來電同葉子苓的父親說：「要不也弄個代表，再來個市議員，然後是別人的幕僚……你知道的，我們很需要你，需要你未來的種種幫助。」

在沙洲、卵石、雜草旁的學校裡教書，葉子苓的父親住在天天踩跨橋板出入的小木屋裡，隔著朦朧水氣使勁想往城外瞧，卻總是看見一層紗網，直是將他困在帝國時期留下的風景中，看東洋風格和巴洛克味道融合的建築，還不斷複製在那不屬於葉子芩父親的記憶裡。透過基因傳承，有生物緩緩復甦中，那是葉子芩祖父的回憶逐漸蠶食著她父親的血液，蟄伏在基因底，一口一口嚙咬——那一場場在重慶南路辦過的馬拉松，生為第三國人在商場上的便利，時代轉換中不動產狂飆增值……藏在葉子芩父親體內的小獸，意識到自己似乎有些卑微的小獸，牠為自己所擁有的記憶基因感到可悲——離開臺北的代價，遠離商場的代價——數不清的臺北房地產似乎遠比那些在老家僅剩的小布行、小茶行要來的體面，那是葉子芩的父親第一次感到窮苦的定義。小獸仍在葉子芩父親的體內流竄，牠想出去更真實地看著已經改朝換代的世界，牠想再去到臺北火車站前，就如同牠陪著前一任主人，一個賦予牠生命的主人——葉子芩的祖父，回想：當年離開東京，帶著些許的感嘆，如櫻花飛落後的惆悵，一切都結束，沒有些許的喜悅，只有止不住地流淚；隨後返抵國門，在臺北城裡佇足了一會兒……他在旅社外以一種詩人般的心情，拿著剛買的相機，試圖捕捉帝國後的殘餘，那些帶不走的憂傷和落花般的愁緒，就那麼繞呀繞，直到臺北火車站，在回鄉的前一刻，他為自己的歸途拍下了最後一張相片。

02

十幾通簡訊，幾十通沒接的電話，葉子芩的手機就像快爆掉一般，關掉第一支手機，第二支手機上的簡訊寫著：物美價廉，二十年公寓，投資自用兩相宜，歡迎來電洽詢。

幾通沒接的電話，像是走失的那隻狗，在葉子芩十一歲那年，裝在袋子裡被帶到臺北來玩的那隻小黃狗，葉家的人要來見一段祖父時代留下來的情誼——堪稱是世交的某些人一面，原因不明。葉子芩只記得，那小黃狗趁她不注意時，也許是她到廁所的那段時間，那沒有綁好的洗衣袋，白色的束口線脫落，那隻生性好動的小黃狗，牠以為主人不要牠了，牠急著去尋找，用前掌慢慢地撥動那原本就綁不好的封口，牠用鼻子嗅，牠茫然地往前開始將自己的身體鑽出袋子，帶著些畏懼，牠只知道牠得去尋找那個喜歡抱著牠，成天和牠說一大堆亂七八糟牠聽都聽不懂的故事，還會學牠用四腳走路的那個小主人，牠得去找她。

失蹤多年，也許是現在的衛星定位系統發達，還是社福機構做得好，或者是派出所林立，有關於人的資料，似乎很容易就查出，尤其是地址這一方面；那如失蹤多年的小黃狗般，那些久未謀面的前任同事，那些嫁往遠方的表姊，還有關於突然就失聯的那些朋友，那些曾經稱呼彼此是親人的族群，他們都聽到了風聲。基於某種原因，無論是在遙遠的南極還是不知名的小島上，或是那些私人的度假仙境，他們原本宣稱收不到訊號的地方，這下，全頓時都成了無遠弗屆的快遞公司，使命必達，只要葉子芩的一句話；不，應該是葉佳慧的一句話，他們不知道她改名了，她和她父親的遭遇一樣，她也曾被自己的親族遺棄。

原先在她出生前，葉家祖父已經為她取好了名字，但因為只生了葉子芩母親一人的外公和外婆，他們堅持要那第二個孩子，無論是男是女，她得姓辜，跟母親姓。在那個紅磚已經換上柏油的路面，在那個政治中心早已移至北部多年的時代，有些東西沒有改變，一種觀念，那些從阿太、阿祖時代就掛在身上的東西，彷彿是一串念珠，那老舊的物品，上面是祖先的加持，那是種福蔭，如果可以擁有，如果可以傳承，如果子孫懂得惜福，那充滿佛法無邊的念珠，那是一個家族的延續象徵。儘管他們住的地方，仍跟一百多年前一樣，那些雞鴨和佈滿水溝邊的羽毛屎尿；傳說某個叫阿琴的人葬送性命的古井，他們還舀著那水在離房屋遠遠的角落裡洗澡，他們點昏黃的燈泡，他們偶爾會去芭蕉園小解，那些沒有改變的東西，不存在於念珠上的東西，竟意外地也被保留下來，連同那馬路旁的百年茶行，那是葉家最值錢的財產。

辜佳慧，後來她祖父又叫她葉佳慧，最後，她稱呼自己葉子芩，她那從小生長的地方，平均每坪地價來到十萬多，新的三房公寓附平面車位，四年屋，住過一年，轉手價四百萬；優美地段，公園旁，新型別墅五年屋，地坪三十左右，三樓半，雙車庫，當年預售屋價三百六十幾萬，如今因升格直轄市，目前定價逼近八百萬。

豬屎味隨風飄來，風聲中有遠遠的動物啼叫聲，某年有名女娃出生，夾著期盼和矛盾。

同年，一間地坪四十幾坪的平房新落成，屋價連同規費稅金，不超過十萬元，葉家的獨子沒買，他的同學倒是買了。

像是注定，一種衰敗的徵兆，那個從臺北慌慌張張逃回家鄉的葉家獨子，他兒子出生沒多久，就升遷為教務主任，從臺北城裡回鄉的老師，見多識廣，那些老人家的言語，學校同事的耳語，都像是廟裡的籤詩。抽靈籤，卜神卦，筊杯顯示一正一反，一連三次，就是那支籤，寶貴的籤詩，經過無數次的機率組合，憑著直覺，或者該說是神，那些忙得不可開交卻分配工作井然有序的神明分身，藉由葉家獨子的手，那些長期待在廟裡被白煙熏黃的籤詩，第十一籤乙酉籤，上面寫著：靈雞漸漸見分明，凡事且看子丑寅，雲開月出照天下，郎君即便見太平。那些如籤詩預言般的雜音……恭喜，恭喜，所有人都在說著，大家都在恭喜著葉家獨子一回到老家就當了教務主任。

有些東西是隱晦的，不可能被說明的，有關於回家，葉家獨子回家的這件事，像是種逃亡；那當初從葉家獨子身體所生出來的小獸，那帶著他們葉家世世代代感到慌亂不安的基因，那隻吸吮著舊日帝國血液，孤寂地緬懷著往日時光的小獸，牠長出了翅膀，在葉家獨子日漸蒼白的臉龐，面對高樓大廈憑空變出的幻影，那有翅膀的小獸，說著葉家獨子聽不懂的語言，有關於總督府、什麼辦事處，一些記不清的人名，和那小山貓鏟起的紅磚碎片中，那一張張泛黃且破碎的借據，上面的名字有些熟悉，債權人等不到債務人來清償，他們急急忙忙在一片恐懼籠罩的季節，藉由許多意想不到的古怪事由，全家移居美國。

很多人都逃了出去，像是捉迷藏中，扮鬼的人一聲恐嚇，那躲藏的孩童忍不住直打哆嗦的兩條小腿，他們會出現，然後成為扮鬼人的助手，或是以一種交換條件的方式，他們得先回家，他們還等著回家吃媽媽煮的燉牛肉，條件是，他們下次會幫扮鬼人當一次鬼。某人和某人斷交，遊戲中一言不合；某某大選在即，選邊站呈現那孩童式的天真；一個遊戲般的午後，有那麼一堆人匆忙急著逃走，沒有意外的說法——他們想念在平靜時光中，吃碗媽媽的牛肉湯。當某某海峽進入砲彈射程中，當某某外籍小孩侵入他們的遊戲時，沒料到的第一個反應，竟然會是第一反應，他們全都逃走了，沒有什麼幫忙當鬼的人，他們只是拖了一些人下水之後，拍拍屁股就逃走，在那之後，一波接著一波。多虧了這樣的逃跑遊戲，那債務人——葉家的大家長，葉佳慧還是葉子芩的祖父，有許多的債務就在那荒唐的情形下，慢慢浮現出不用償還的劇情。

曾經，那小獸看著那熟悉的簽名，牠用著葉家獨子聽不懂的語言，據說是日語還是什麼專業用的密語還外加技術上的用詞，直在葉家獨子的心口邊徘徊，等振翅一飛的日子來臨，擺脫生養牠的基因載體；從一塊傷口中，小獸帶著葉家祖父生命裡的各種回憶和百般心情，他從葉家獨子競選議員而落選的那夜，不再猶豫，甩開葉家的包袱，小獸從葉家獨子的喉嚨裡飛出，發出轟然巨響，如高空雲層裡的閃電，那深藍色的天空，有紫色的一團雲，堪稱自然界美景，在那紫色起毛邊的部分，有一些亮光，紫色的亮光一閃。在城市仍是燈火通明的金黃夜空之上，有些微的奇光產生，僅是一些些。

辜佳慧，後來的葉佳慧，之後的葉子芩，她誕生的那晚，也有同樣的高空閃電，像是某種猛獸的低鳴聲，就藏在紫色的雲層裡，那是一種拋棄現實，只能停留在某種時空的預告片；有關於葉家祖父記憶裡最繁華的那一頁，隨著有翅膀小獸的消逝，也正式從葉家再平凡不過的生活裡，完完全全地移除，如同格式化後的硬碟。葉家祖父接下來面對的是，他人生最陰暗，不願再提起的那些散落在古井青苔裡的記憶碎片。

高空閃電猛打，一個叫佳慧的女孩誕生，那是她祖父事先起好的名，男娃就叫佳通，女娃的話，就叫佳慧。

一通電話，像是原本已經清掃好的廳堂，又有新一批蜘蛛房客重新結好了密不透風的蜘蛛網，咸少往來的葉家和辜家，原本串聯的那條線，那扇已經半打開的大門，有關泯清過去的恩仇和那些祖先留下來的怨恨糾葛，什麼和解，什麼兒女親家——辜家那裡打來了一通電話，如秋風落葉之後，一個寂靜的清晨，辜家不再奢望，還將重心移往海外，在遙遠的土地，那裡有他們的遠親，他們會在那裡找到歸宿；而有關於曾經暫時落腳的地方，一塊飄著豬屎雞屎味的土地，他們要跟這座像是佈滿動物的島嶼說再見，一如他們剛來時一般，好幾隻野生梅花鹿悠悠哉哉地在溪邊喝水。

03

存款十五萬元，加上一個星期以來，上百通由她父母那邊透過眾親友所轉達的那些話：想買房子，想舉家搬遷到臺北，老家的茶行想結束營業，升格直轄市後，據說可以賣到一千八百萬元。

那是葉佳慧的故事，原本她出生一個禮拜內的那段時間，她叫做辜佳慧，直到被送到臺大醫院診斷之後，她變成了葉佳慧，如同戶口名簿上的登記，她是葉佳慧了，至於那個辜佳慧，早在她親生外祖父的嫌惡下，悄然地消失，一個早夭的生命。

完全不能行走的雙腿，萎縮的下肢，像是停留在某個時空，她遺忘了長大這件重要的事情，如同當年葉家獨子遺失在臺北城的那隻小獸，那些生命的基因刻痕裡，都忘了寫進去後來的故事。又如葉家祖父一般，有關於後來的事情完完全全無法被覆寫入自己的腦袋，他得靠紙筆，還得靠旁人提醒，然後他還是會忘記；接著，他說起昨天的事情，他去日本讀書的事情，明明是幾十多年前的事情，還有他曾被誣告的那些歲月，在某種顏色的籠罩下，他因為扯了別人的後腿，才得以逃脫那個暗無天日的牢房，從那反覆要人招供的邪惡沼澤裡，解脫精神和身體的虐待，全身而退，安然無恙離開。葉家祖父說：「那都是幾天前的事情，噓，小聲點，隔壁老師昨天才被抓走，只因為他在課堂上，無心的一段話……」

沒有人關心葉佳慧是否會長大，她整天就在地上爬啊爬，在那些被蟲蛀得凹凸不平的櫸木地板上，在巴洛克花草圖案下，在隱約露出紅磚碎末的角落邊，在沾滿流浪犬糞便的玉米田裡，甚至還在傳說那個叫阿琴的丫鬟含恨走上絕路的古井旁爬著。還是在地上爬，穿著哥哥不要的牛仔童褲，身上的衣服常是破了一個洞就補上幾塊哥哥淘汰下來的衣服碎布，遠看，在地上爬行的葉佳慧，活脫脫就像是馬戲團跑出來的團員，是隻穿著花花綠綠的小猴子，還不大會走路，更正確一點說來，猴子只在樹上爬，對於行走這件事，可不是每個猴子都能做得好的事。像針刺上了皮膚，那些有柏油路的地方，那些有碎酒瓶的海邊，那一排排木麻黃下，掉落的枝葉和著沙石，還是爬著，小佳慧得上學，她就只能這樣去上學，幻想著學校裡的樂園，那些龍眼樹、雞蛋花樹等等；小佳慧的雙手十分有力道，她是靈活的爬樹高手，就像隻小猴。

童年的黑白漫畫，從沒有人主動關心過的情節，變化來得相當突然，就在十歲那年的中秋節。和往常一樣，自己揹著柚子，脖子上還綁著一塊小月餅，小佳慧爬啊爬，她得到沒有客人注意的地方，遠離房屋，遠離所有熱鬧；她在茫然中，以一種下意識的爬行，那是橋邊最不熱鬧的地方，遠離煙火，她在一棵樹下，握著掉落一大半白色外皮的小月餅，小佳慧滿足地吃著，她愛那裡面黃黃的綠豆沙，就像她背上背包裡的柚子一般。她在吃完月餅之後，拿出了心愛的柚子，就是那一聲巨響，猶如槍擊案的現場；但那是意外，就像煙火膛炸，在河邊，頓時火光一片，小佳慧驚嚇得目瞪口呆，直到她發現，她的柚子已經如一顆球般從她身旁滾開。

萬分心急，小佳慧開始往前爬行，循著柚子滾動的方向，小佳慧用著她十年來最快的速度爬行，邊爬邊喘，小佳慧哀傷地叫著：「我的柚子，我的柚子……」還不時抬頭看著月亮，又低下頭請求：「嫦娥娘娘，這是我今年唯一的一顆柚子，我不想失去它！」小佳慧越祈禱越害怕，她用著手肘拚命地貼近地面，以便順應地勢移動她十歲上半身和五歲下半身的身軀。伸長了脖子，她用手勾，還挺直了身體，當她眼看著柚子就在她正前方時，又繼續往轉彎處的小巷子裡滾；不肯放棄，小佳慧那伸得老長的脖子和不時抬離地面又俯下的上半身，那一上一下就像是在對上天控訴自己悲慘的遭遇。

在一個轉彎處，一陣尖銳的煞車聲，一顆破掉的柚子，像是小佳慧的過去，血淋淋一般的出生，看起來姿勢相當詭異的雙腿，在她被切斷的臍帶脫落時，她被檢驗出脊椎有些問題，下肢恐怕不良於行……破爛的衣服，被遺棄的命運，沒有人關心的童年，爬行上學的日子……全都碎裂開，只差一步的距離，小佳慧可以撿到那顆柚子，但也可能被急駛而過的野狼機車，那如同破肚斷腸的柚子命運。噙著眼淚，沒有點燈的街道，小佳慧抬頭望著月亮，如柚子般黃亮亮的月亮，小佳慧真想吃上一口，直伸著手，那不由自主被抬高的上半身，小佳慧只覺得自己離月亮真的越來越近了，她傷心地依在電線桿上，慢慢地向上，直是伸手去拿。

她是走路回家的，撿拾了一根廢棄竹竿，在十歲的中秋夜，小佳慧是走路回家的；她的母親哭了，她的父親只是冷冷地望了一眼，而她的祖父則發出，彷彿從她出生以後，就抑鬱到當時的長長一聲嘆氣，那是種遲來的救贖，佳慧的祖父懷著滿臉愧疚的心情，他對佳慧說：「妳終於肯原諒我了，我真的不是故意的，妳逃走後，我真的有寄薪水回去給妳父母……」

那是葉家祖父第二次願意提起，關於風聲的那件事情。古井，芭蕉園……就連捕獸夾，還是自殺……關於第一次說起，是葉家祖父在得知佳慧的身體殘缺之後，他直覺是，「這定是阿琴來投胎，我不肯借她錢，幫她青梅竹馬的男人還賭債，她就連夜逃跑，從我阿爸的書房裡撿了幾件古董逃跑，聽人家講，是火車，他們在逃亡間，沒注意北上的火車，就那麼橫死在田埂和鐵軌旁，那時，阿琴的腿被撞爛……」

中秋夜後，在葉家祖父發出內心最乾淨無負擔的笑容後，他給葉佳慧做了根拐杖，握把的地方還刻有佳慧小時候最喜歡的兔子——她以前常希望自己能像隻兔子般的活蹦亂跳。

這是葉子芩的故事，當她因為黃金般的工作和機會來到臺北多年之後，她聽到了風聲故事的另一個版本。傳說葉家祖父有批黃金，就埋在現值一千八百萬的舊式洋樓下，為了以便宜的價格買到，好扣除些挖黃金的成本，許多消失的親戚，彷彿是螞蟻聞到糖蜜，紛紛返臺，或是突然出現在葉家的老宅，又是伯父長、伯父短的，還嚷著要幫葉家獨子返回臺北參選議員。

再返臺北，第一個要解決的問題，就是定居臺北，於是他們把腦筋動到了葉家的女兒，就是那個成年之後不知道動了什麼整形手術，再也不用拿拐杖的葉佳慧。但那是多麼不容易，關於葉佳慧這個名字，猶如從人間蒸發；在葉家女兒決心不依靠拐杖，勇敢地走向臺北城的時候，她換了個名字，就像換血一般，她連基因也想換掉，那些莫名看到櫻花就會哭泣的基因啟動機制，葉家女兒感到萬分討厭，她不是個愛哭的人，自從十歲中秋節過後，她便不再哭泣。

那是個特例，據說重新站在臺北的葉家人，心中總是會莫名地生出些小獸、小動物等等，葉家女兒就是沒有，她在臺北讀大學，她在臺北工作，她從沒有那些古怪的感覺，也不會對著某些帝國遺留下的建築物流淚，她甚至對那些還持有不少土地的祖父輩友人不感到任何的喜惡，有關她父親曾經為了擺脫心中那種恐懼焦慮以致於無限自卑所孵出來的動物傳說，她也記不大清楚；聽說，她某個堂妹就曾在一個高空打雷的夏夜，看過那隻茫然孤獨卻長著翅膀的野獸。

基於以上種種原因，家族間都傳言，那葉家長房的女兒，她一定換了血，還換了器官，她還整形，不只是兩條腿，她連臉都變了，像個道道地地的臺北人；聽說，她現在還美得像明星，那個從臺北看病回來的六嬸婆說：「我孫子說，已經有星探看上那個長房女兒，以後葉家獨子就不愁吃穿了。」

她是輸過血，但那是因為車禍。在那次車禍之後，葉佳慧深知，和以前切割開的必要；有如斷訊之後，拋棄無用的人造衛星和那些壽終正寢的過去，唯一最直接又有效率的方式，就是換掉名字。那是種尷尬，當她還叫葉佳慧時，她在病床上，有護士認出了她，那女人同她說：「唷，現在可會走了，還會騎車，真是了不起……對了，妳還記得我嗎？我是妳國小同學，不過妳應該不記得吧，依妳爬行在地板上的高度，妳應該只認得我的腳踝和我的小腿。」

有些東西換掉了，似乎是一勞永逸。沒有家鄉帶來的名字，葉子芩有全新的過去，她自己胡謅出來的小康家庭，她父母是公務人員，她住在臺北郊區，她從未長期離開過臺北。用全新的記憶像種樹一般，她將新生的故事種在老舊的過去，還不忘把土翻一翻，將那些帶有家鄉氣味的土都加上臺北的土，一比三和一和之後，她所種出來的樹，樹幹是從臺北土裡長出來的，樹枝則是飲臺北的奶水長大，每片樹葉都有臺北的基因，那是新潮的螢光綠，就連夜晚也看得見，還有美麗的白花那是臺北的味道，人群、流行，和充滿希望和機會的大都市氣味，一片臺北香的花，在葉子芩租來的套房內，反覆綻放著那些平偽造的臺北回憶。

04

不停在莽原竹林裡爭戰，那是種遺傳，從亙古的生存法則上流轉，一眨眼，葉家誤觸了陷阱，直是從水氣氤氳臺北城的泥濘街上摔進一旁的大水溝中，一路被沖回南方，他們最先上岸的地方。

這次，河流反向，是葉家人自己設了陷阱，試圖將葉家的根脈引流回臺北。

一間舊式公寓，一間房間面對廚房，客廳在廚房旁邊，然後是兩間廁所彼此捱著同一面牆，其中一間在套房的旁邊，而套房外附有一小陽臺，總共面積在二十七坪左右，還包含某些公設。

又是一通簡訊，葉子芩記得自己明明就是要找便宜的大套房，不知道是不是仲介記錯了，就像建檔時，他們輸入電腦的某個部分，兩個顧客的資料彼此對調，所需的物件資料也跟著顛倒。那像是前陣子看過的便宜兩間房公寓，一半的磚牆外露，一半的牆壁有水痕和油漆剝落，外面的樓梯灰色的像是工地，那些只有水泥沒有瓷磚的外表，就像是某方面出錯——價錢談不攏，工程出包，工人集體罷工，有關於種種的可能性。葉子芩不想猜測，她只知道，或許是bug的原因，他們讓某些東西被重組，又讓某些東西崩解，它們總是愛開玩笑，像一隻隻無聊的水果蛀蟲，吃完了就換下一個地方。

咒語般的簡訊和她不需要的房子，以迴路的模式在封閉的地區，用現有的資訊去重組，要不就是將現有的資料一一焚毀，那短暫的惡作劇，好笑的部分也很短促，如同吃光了所有的糧食，還有什麼東西可圖。仲介為她介紹錯誤的房屋資料，她並不需要跟她父母同住——雖然謠言，那些來自外星球般的語言，那些移民許久的親戚們，他們總在夜深人靜時，傳來無數封簡訊，或是用祈禱的方式，用心靈溝通的能力對她說：「葉家的茶行即將要賣掉，妳父母就要和妳在臺北團圓，我們家族真的都要搬到這世界上最文明的那些都城裡去了。」那是電信業者的錯，葉子芩肯定，那些都是瘋子般的言語，它們被誤植入葉子芩的手機，當她看著那些兩百多萬的套房時，總有人在她耳邊響起簡訊的聲音，又有人傳來消息，早點買房早做準備，來年好選議員。

只想買間套房屬於自己的套房，一套舒適的衛浴設備，一個小小的陽臺，樓層要高，室內的空間也要挑高，她得待在高處，俯瞰街景有如一尾尾的蛇巴士，就像卡通影片裡，一隻由樹精靈演化出來的貓，載著其他的樹精靈，帶牠們去任何地方。

那是她祖父陪她看的第一部卡通影片，當時，葉子苓剛學會站立不久，他們將那影片看了很多遍，每一遍都像是第一次觀看那般，他們會期待那些黑不隆咚的精靈出來，他們還想要養一隻會隱形的小精靈，他們也想去森林探險，但每次看到最後，她祖父總會說：「我也要那隻貓載我去一個地方，不知道牠跑得夠不夠快，能不能比時間還快，如果可以，我想回到五十幾年前的臺北車站，我想要留在那，為妳，為妳哥哥買幾塊會賺錢的地。」沉默頓時像大雨來襲前，一點風都沒有，葉家祖父凝重的神情，任何風聲都不敢靠近。

那段時光，一直重複的時光，他們反覆看的影帶，葉子苓似乎有部分還被封印在那個年代，幻想有樹精靈的年代，她和她祖父難得安靜的那段時光。

所有親族共同的葉家基因，因為某些東西開始啟動，股票崩盤，房價膨脹，市場重新洗牌之後，那原本深藏於某處，害怕長出怪獸般的基因，那些被緊緊控制的某種遺傳性的變形細胞，他們在睡夢中壓抑，也在清醒時不斷地提醒自己。不像是伺機而動，倒像是種尋求徹底根除的方法，極力想切斷基因中有關的共同回憶，還試圖透過剝奪中文姓名的方式，那些葉子芩稱為表姊的人，賣光曾經共同生存的土地；那些葉子芩稱為叔公、叔叔的人，將自己的血液帶到遙遠的地方，重新尋找更無關聯的種族載體，那些藍眼睛的姪子還有紅髮外甥。像是刻意稀釋對那葉家核心不敢面對的遺棄命運，把自己投入最高度文明的城市，那些擁有最高居住人口密度的都市，他們在都市裡將自己變得模糊，和他人的界線曖昧不明，然後像隻透明會隱形的小精靈，在悄悄跟隨都市人的腳步之後，將自己的基因密碼重寫，以防止自我在成長中，接受那老舊基因的召喚，忽然變成隻野獸，只能遠離人群，過著窮苦而茫然的生活。

是一早設下的陷阱，在他們選擇離開和遺棄時，基因機制早已啟動。睽違多年，所有消逝的親族，幾乎可以用憑空出現來形容那些親戚的再次出現，如同多年後的未來科技，他們從那葉家支脈中，抽取了一枚恰好載有野獸基因的細胞核，又藉由其他動物的子宮，成功複製出一票宛若新生的葉家親族，他們是未離開葉家祖父羽翼的那一支；彷若時空還停留在三十幾年前，他們從未以一個遺棄者的身分，離開。那是一場夢境，那些突然出現的親戚，他們離開過嗎？又或者是說，他們只是隱形，從來就只是隱形，他們在等待一個最好的時機，猶如他們始終相信股票所創造出來的神話，他們曾迷失在萬點的路途上，用著那些小布行、小茶行多年來的微薄盈餘。

莫名的電話不停地騷擾著葉子芩，那些奇怪的傳言，「你們要在臺北定居喔，那真是恭喜你們，妳阿公算是得償夙願，他要是地下有知……」此外，也有不知名的贊助者出現，「我是那個妳叔公的孩子，嗯不是，是妳姑姑那邊的親戚，也不是……總而言之，我也姓葉，一聽到你們要搬去臺北，我想基於同宗情誼，我願意贊助妳五百萬，你們可以湊合著用……」像是另一種的遺棄，是完全地驅逐出境，葉子芩怎麼也想不明白，那些憑空出現的幽靈，那些光怪陸離的簡訊，莫非都是風聲惹的禍……什麼他們也姓葉，葉子芩依稀記得那些叔公、堂叔們，他們都給太太那邊入贅，就連小孩也沒半個姓葉，更不用提第一個找上門來的姑表姊，她的小孩沒有中文名，全是美國籍，根本就沒有中文身分證明文件。

那是葉家基因凍結四十幾年後，再度被啟動的影響，那些體內畏懼繁榮不再的小獸們全都出動，從心底慢慢爬出，由喉頭中探出光溜溜的腦袋，牠們都曾經害怕，站在臺北城裡，那唯一一家布行被葉家的阿祖收掉時的那一幕，葉家終究害怕變動的年代；那些一整個麻布袋的紙鈔，最後僅值新臺幣一塊，來不及換成黃金白銀保值的財產，那些上百萬、上千萬的廢紙，多少年來的心血，是被這個城市吃掉的，還是自己，那最後的廚餘，從嘴裡掉出來嚥不下去的菜梗，原來僅是一元、兩元的零錢。想坐加長型禮車，想吃排翅燕窩，猶如四十幾年前的葉家餐餐大魚大肉；一種輪迴，他們在國外的房貸付不出來，他們在國外的事業失敗，他們在國外被遺棄了，就像皮球般地被踢回來，有關於葉家長房的黃金風聲，早已透過由海吹往陸地的那些微風，乘著候鳥的翅膀，被帶往屬於葉家親族所在的那些地方。

房價下跌，然後抬升，接著下跌……無止盡地循環，波度往下的起伏不大，往上飛揚的程度嚇人，像是遊樂園裡的海盜船，往上，期待恐懼的時間長，往下，盼望解脫的時間短，時間一久，心理上的負擔越大越容易生病。

終於承認自己還是帶有葉家恐懼的基因，葉子芩在那些煩死人的電話裡，她心中的那隻小獸悄然地孵化。五百萬的套房是小豪宅等級，那個某某親友說可以贊助不用寫借據；他們說祖父的最後一間茶行有黃金，那份量足夠買下黃金地段的土地，再蓋一棟自己的一〇一。想順著那些話走，又怕被欺騙，那是另一種的遺棄，把一個人的身心在無預警的情況下騙進坑洞裡，那裡面充滿陷阱，那裡面有不想知道的祕密，那裡還有……一通電話響，是父親打來的，大意是說：他們想來臺北看看葉子芩。頓時，葉子芩體內的小獸慌張地急著想逃走，背後還連著葉子芩故事的尾巴，沒有分化；那飛不遠的小獸，身體的大部分在葉子芩租來的房間裡，一小部分卻還聯繫在葉子芩的心房。佳慧……就是那一聲佳慧，她爸爸還叫她佳慧，她不是葉子芩了，那都市的圖騰，刺青在意識裡的美麗符號，她又變成了佳慧，沒有特製鞋可穿的佳慧，那個彷彿沒有來臺北讀書的佳慧，她還拿著祖父做的兔頭枴杖，一跛一跛地站在巷子口，有人走過，嘲笑。

魔咒般的名字，葉子芩是陷阱，是一早就被設定好的陷阱，是某些靈魂幻化成的人，他們迫使葉家子孫出賣葉家的靈魂。脫下高低不同設計的神奇魔法靴，意識徘徊在葉子芩和佳慧中間的女子，將買來的酒一瓶一瓶地擺放在小茶几上，像某種儀式，不用酒杯，葉子芩一口仰喉喝下；一個小時之後，在租來的套房內，她爬行著，再度用著曾經熟悉的移動方式，有關於她以前的那些不堪回首甚至惡夢連連的記憶，那些刻意攪拌過都市土壤的蒼白陳舊的破爛回憶，一秒內像坐上時光機器，咻的一聲，就出現在葉子芩的腦海裡。一聲佳慧，從套房裡密閉的空間傳出，那一聲聲悠遠又空洞的聲音，「佳慧、佳慧……」依靠著土地，用著泥土般的力量，不斷勇往直前爬行的那個女孩，叫佳慧的那個女孩，她不再是無用的人造衛星，不是危險的太空垃圾，她被拖回了地球，就在一個念頭下，更為環保的想法下，葉子芩心中有佳慧的身影，一口一口吸吮著來自家鄉的回憶，她得依靠著那些回憶重新長大。

一坪一百多萬……簡訊被塞爆，意識朦朧中，葉家女兒光著腳，她父親和母親的臉像靈堂的照片，在感受到極大的驚嚇後，那個曾叫佳慧的女孩，彷彿一直站在路口，等著當年的那隻小黃狗，牠身上受傷過的右後肢，有閃電般的疤痕；而小黃狗則一直抬頭望著，拄著柺杖還一跛一跛行走在柏油路面的小女孩。有些熟識卻迷惘的眼神，像是上輩子的記憶藉著今生的載體，那些瞬間回流到身體裡的前世基因，再度於細胞核內產生了重大的反應，深呼吸，便聞見熟悉的氣息。

幻獸症的一個下午

築屋篇

01

一覺醒來，有人開了一場玩笑，以我們一個月的薪水打賭，會計小姐和主任絕對會結婚。

怎麼可能會結婚？我壓根子就沒想過這麼扯的事情，真的拿工地一個月賺的錢押下去，賭主任絕不吃回頭草，賭他們緣分已盡，賭生命就該多采多姿換個人會更好，以一定能賺三倍回來的心情，我想去度假，在今年過年前，我也想去度個假。

但那是多麼糟糕的事實。難怪，我當初兼這份差的時候，就覺得哪裡怪怪的，好像會遇到什麼不好的事情；那是預感，雖然時薪還不錯，時而裝雕像不動，時而趁路人遊客不注意，趕緊遞下傳單，效果還不錯，很多人都在嚇了一跳之後覺得有趣。但可苦了我，我總覺得自己的關節彷彿被催眠，如有人直在我耳邊跟我說：「你就是銅像，你就是銅像……」

關節真是越來越硬，喀喀嘎嘎地響，白天到工地上班之後，就連蹲的動作都逐漸困難。「你該休息了……」也許就是因為工頭的這句話，我開始認真思考，如何快速地多賺上幾個月的薪水，好撐過換工作的困窘情境。

那真是在最混亂的時刻，遇見最糟糕的情況，我想我是疏忽了，忘了去探究這場賭局發出來的原因……難道是主任自己還是他的工頭兄弟，辛苦人賺的錢不多，他們該不會想趁機撈一筆結婚基金。

這次不當雕像了，老闆的新花招是叫我穿戴動物造型的卡通人偶，還要每十分鐘跳一次舞，我感覺自己像是小女孩的音樂盒；啪，開，跳舞，啪，關，休息，音樂在自己心中，要自己想。

有沒有看錯，那正是主任和會計小姐，他們不是分手多年，他們不是個性不合，他們不是說家裡反對——卻手牽手逛街，我簡直懷疑這是一種騙人的表現，故意散出復合的消息，只是想影響賭局。

今天夜裡，我穿的是一身長頸鹿的服裝，那真是詭異，一隻和實體大小差不多的長頸鹿就站在西門町最熱鬧的街頭；想跟蹤，但礙於服裝太顯眼，只好假裝跳舞，先是一個划步，然後悄悄接近，開始跳機械舞，慢慢地往主任他們的方向移動，接著停止動作，發了幾張傳單之後，又是一個芭蕾舞跳躍的動作，我正緩緩朝目標接近中。

賭他們不會親嘴，那是故意安排的假約會，我深信不疑。

還記得兩年前，那是他們分開多年後，唯一一次因為工人開玩笑所以被迫又聚在一起，肩靠著肩兩個人都有些尷尬，但到底是成年人，早沒有年輕人的青澀和害羞，沒多久主任和會計小姐就不再繃著臉，他們坐在一起還笑得很開心自然，彷彿是多年好友，是兄妹是親戚；如果我沒記錯，那次是尾牙，地點在工地，有人還嬉鬧著問：「今天是主任結婚的日子嗎？」當時，主任一愣，回說：「要是我結婚絕對不會那麼小氣。」會計小姐則是神色慌張，她瞧隔壁桌望了幾眼，發現老闆早已醉倒，她才放心，平靜地喝起飲料，像是在平復某種情緒。

我當時推測：會計小姐和老闆在一起，是外遇，是地下戀情，所以需要保密；瞧當時會計小姐的神色，就像怕被丈夫聽到自己跟誰有染一樣，一定是這樣的，那是多麼合理的猜想。但現在，我穿著長頸鹿呆站在街角，我忽然有不一樣的想法。

莫非當時，他們早就祕密交往，只是不想聲張，怕有人壞事……翻盤，這是多麼恐怖的事件，如果它一旦被證實，我們的賭金該怎麼辦，我絕對不會想再輸了這場賭局之後，還要再包一包紅包去給他們賀喜。

這真是恐怖的陰謀，想不到主任是這種人，我又發了幾次的傳單，繼續埋伏在他們四周。他們轉向我的方向，我就低頭發傳單，他們的眼神移開，我就又開始跳起機械舞；試圖自然一點，我潛伏在他們周圍，只為了想一再確認他們交往的真實性。他們牽手，他們共喝一杯珍珠奶茶，會計小姐吃了一口雞排就遞給了主任，主任很自然，神情沒有不舒服的感覺，他咬下沾了會計小姐口紅的雞排，他們還去看電影。

這下可怎麼辦？發完傳單的我，一臉難以置信的模樣，我一想到我的新年假期，我過完年後的找工作資金，不行，我不能讓他們繼續在一起，管他們是假的還是真的，我一定要為自己的彩金努力。

隔天，工頭問主任最近是不是戀愛了，怎麼氣色變得比之前好很多；一些工人都豎起了耳朵，他們也跟我一樣擔心，攪水泥的阿土伯也賭了下去，他還跟其他工人說：「會計小姐人那麼水（美），怎麼可能願意再回頭給頭髮越來越稀少的主任騙，又不是當初那個剛出社會的小妹妹……」

這話早已不管用，工人們一早見到主任的神情，就開始人人自危；一想到這場賭局，大家把心一橫，就算再怎麼郎才女貌還是美女野獸配，他們也要積極採取行動。

先是由王大哥牽線相親，據說對象還曾跟主任一起出去過幾次……這下應該會奏效，換作任何一個女生，錢不一定是最重要，愛情才是生命；一旦看到主任出軌，還沒結婚就亂七八糟，我就不相信會計小姐那麼沒長眼，真的依舊會履行承諾結婚不反悔。

什麼結婚什麼真愛，我父母的愛情也曾經是神話，他們據說有私奔，他們據說歷經千辛萬苦，但最後還不是平凡夫妻，他們天天吵架。不要說那是鄉下地方，就連城市也一樣，在這聚滿最多工作人口的都市，錢才是大家關心的議題。因為這裡繁華，所以要來這裡打拚；因為這裡機會多，所以才要遠離偏僻的家鄉到這裡努力；但更多人是來找白馬王子和落難前的白雪公主，彷彿只要穿上玻璃鞋，什麼家都可以不要了，從此公主和王子兩人快活，奴僕成群伺候。

所以愛是短暫的，一定會被改變。什麼工地王子和會計公主的童話，想當初他們兩人差一點結婚的時候，他們沒有錢，他們只能在工地辦流水席，他們沒有房子沒有車子，他們只是建築工人。當時，也許是婚宴場地會計小姐有意見，又或許是沒錢拍婚紗……太多的原因阻擋在他們前面，還外加當時有一場工程要趕；最後兩人不歡而散，卻誰也沒離開公司，仍然維持著自然而古怪的同事關係。

他們會像朋友一般聊天，但不會私下見面，他們會談論彼此那些曾經是過客的風景，還會跟大家一起去唱ＫＴＶ；以為是濃情轉淡，終歸是同事的情誼，十年時光過去，如果誰先離職，他們就是陌生人了，他們不再為過去哭泣。

出乎意料，可能是天大的騙局，我也曾陷入那種騙局，當年的女孩叫如依，她長得白皙瘦弱乾淨，卻又有種說不出來的叛逆深深隱藏在心底，當時連我也沒看出來，就這樣訂了娃娃親。

說娃娃也不小了，我當時十七歲，如依也是，我們的祖父說要給如依的阿祖沖喜，就這樣訂了親。後來我們一起生活了兩年，卻一直沒結婚，最後是如依懷孕，我們結婚，同年如依的阿祖過世，孩子流產，如依離家出走；幾年後我收到一紙離婚協議書，我簽了名，她自由了，我恢復單身，像什麼事都沒有發生過。

02

曾經一覺醒來，她去了哪裡，我不知道，祖父只拍拍我，叫我去臺北打拚，他說看看鄰近城市火車站的寂靜，他實在很難相信，臺北會從一座水城發展成後來的不可思議。

那是很難忘的一幕，坐著火車，從一望無際的稻田到乾枯的漁塭，由荒涼野草蔓延，還有整群公墓出現，像是在經歷一種蛻變，從土埆厝到木造房屋日式烏瓦、巴洛克式建築，沒落的城區開始解構後，又沉寂地睡去；先是毛毛蟲接著才有蝴蝶，山川水圳土丘上我繼續旅行，顛顛簸簸地前進，映入眼簾的工業區，一排排密集的公寓，然後是古老的街區混著新落成高樓大廈，最後是一片漆黑，火車到站。

不敢走得太快，我在月臺上徘徊，說蠶變蛾也需要時間，嘀嘀啾啾的夏蟬也是經過多年才能展出翅膀，飛向嚮往已久的大樹。我沉默，我低頭，我一個人走，不似在沉思，反倒像是因為害怕，所以躊躇繞了一整個下午才出站。

一萬元要如何換得一份工作和暫時棲身之所，不怕……我當時就是這麼對自己說。那是記憶，是祖父說的故事，可就像是親身經歷，在出防空洞外沒幾年，還來不及將家業重新振興，我祖父和我的印象，我們共同經歷一個可怕的時期：通貨膨脹，貨幣改制，新的災難降臨。

四萬元換一塊錢，我的祖父當場病得不輕，除了田地沒有半點東西可以維生，那是賣地的開始，那些阿祖辛苦攢下來要給子孫蓋大房子的田地，眨一次眼的功夫便去了一半。我也有印象，那是什麼人的身體，我在那邊的記憶裡，我看見有人為我變賣首飾，那人的背影，說實在挺恐怖的，那是如依，我記得很清晰；雖然和她相處的時光不長，但她那全身勻稱惟獨骨盤突出，是微微凸出那種，並不至於到胖或是酪梨身材。

簡直一模一樣，那像如依的女子用首飾換來金錢，我當場哭了，那不是我的身體，卻是我的記憶在裡面，我握著錢，就這麼甩下一滴淚後，頭也不回地走了。

長大之後聽人家說，那是潛意識。而孩提時，祖父對我說：「你肯定是我那個堂哥，也就是你堂伯公投胎來的。」不理會那種言論，小時候的我儘管傻笑，然後要糖，接著溜去溪邊玩，累了再回家。我大哥也對我說：「你一定是聽了什麼長輩的話，所以才會有那些幻想，以前阿公就常說起在防空洞的日子，我早就聽膩了。」我大哥大我十七歲，他後來去美國留學，還移民美國，娶了外國大嫂，當時父親和祖父都氣壞了，只有母親說：「那孩子真是爭氣，我們未來有靠了。」

在過去的移民潮中，鄉下的反應並不大，但母親逢人就說：「你們看到電視了嗎？要打來了，不過沒關係，我們家至少還有個人移民，香火也算是能傳下去，真是上天垂憐，還我們一個公道。」

什麼公道？我不是愛問問題的小孩，當初連訂婚結婚這種事都不問了，怎麼還會去問母親一時情緒化的語句。

可能跟舅公一樣吧，他喝了酒就會說日語，「天皇萬歲，天皇萬歲……」他拚命地喊，直到有天夜裡，一行人出現像砸破酒瓶般地擊破他的腦袋，他終於可以回去他心中的祖國，而他認定的國旗就出現在他腦後，一片光禿禿的腦袋只有中間一點紅。

舅公遭遇搶劫，送醫不久後過世，家裡再也沒有人說日語，除了那些生活用品的名稱，還有遇見開早餐店的老頭家娘時；那是她多年來的習慣，總在清晨灌下一口高粱之後，用日語說起好多好久的過去。

我懷疑這現象是某種實驗，如同我身上發生的事情，那不是祖父口中的輪迴，也不是大哥說的潛意識記憶，我覺得那是催眠，是某人想要毀掉一些東西刻意設下的指令，那些指令會在一定時間內啟動，可能是年紀因素，可能是基因機制，也可能是因為土地——或許是這樣的認知，祖父毅然決然要我出外打拚，一切都是為了解開催眠效力，因土地所產生的奇怪法力。那是一片靜止的時空，當火車離家鄉的土地越來越遠時，像不斷前進的歷史，猛回頭，才發現過去童年裡那個不曾改變的家鄉，早已被文明劃定為蠻荒時代。

離婚之後，我來到臺北，我找到人生第一份工作——人力公司，我搬得動水泥也會綁鋼筋，我會蓋磚塊也會油漆，我還會水電拉線和拆除建物；之後，因為經濟不景氣，房市低迷，我失業，又換了份工作，輾轉流浪後，我在小型建築公司上班，那裡是一間只有親戚才能當管理階層的公司。一轉眼，我待到現在已經是第五年了，卻仍是個工人，還是個專業萬能卻薪水不高的工人。

不得不相信，主任為了錢，他不再單純善良；這五年來，我自己也變化很大，因為缺錢，我不再寄錢回家，我只想賺錢，我想用錢買回我的青春，和那女人在一起的那兩年，多麼懵懂的兩年，我連她身體的全貌都還沒瞧上幾眼，她就懷孕流產然後離開。

難以忘記在臺北的第三年，那叫如依的女人和一個我很陌生的男子，他們開雙B轎車，他們出入高級餐廳，他們手牽手，手上的戒指是名牌，那叫如依的女人，提著外雙C包包，但那男子卻喚她作，「Al——ina。」

那是一切的開始，曾經是我妻子的人，她在我蹲踞路邊吃工頭發下來的便當時，她變成另外一個模樣，像披上毛皮之後的狐狸，她說話的方式不一樣，她笑的時候在撒嬌，她說話的時候像沾糖；原來她不是無感的女人，只是對我不行，不知道是不是錢的問題，我當場摔下便當離去。

有過多少次經驗，我和她躺在床上哭泣，她的身體像緊纏著藤蔓的蛇，是誰纏上誰看不清，也無從解開那僵局；她總說我說話帶刺，她總說我不溫柔體貼，她總說我不愛她，她總是推開我，要不，還是哭泣。我也哭泣，被她身上的刺扎得只能哭泣，我曾說要幫她解開心中的死結，她卻說不必，她沒有問題，有問題的人是我，該離開的是我。

不清楚那孩子的性別，總覺得與我無關，但內心還是會顫抖，從即將為人父到幻滅，生命就此打住，太具體的方式，我無法判定那是什麼樣的情形；

只是一時之間，在那當下，我彷彿感到解脫，如記憶裡拿著如依換來的金錢出走，我似乎再也沒回那個家——聽說堂伯公的老婆，曾讓一個貧窮的男人入贅幫她打理家業。

想不清楚婚姻是什麼東西，我曾擁有然後失去，沒有戀愛的過程，我感受不到彼此親吻的甜蜜，一想起主任和會計小姐的戀情，我也只能覺得：那從頭到尾都是陷阱，在這個由鋼筋水泥所組成的世界，怎麼會有愛情。

摧毀——我唯一想到的方法，伊甸裡的愛情都只是因為危急情況所產生的不當連結，一旦離開緊急情況，戀情瞬間瓦解。

如過去，我在遇見前妻之後沒幾天，我經過信義區，我看見一名很美的女子，我對她說：「上前去和等一下從百貨公司出來的一名身穿橄欖綠大衣的婦人說一句話，妳就可以擁有十萬。」

那是我存了幾年的錢，包在紙袋裡，毫不猶豫，我遞給那女子一半，接著繼續說：「事成後，在百貨公司的三樓廁所走廊上見。」

聽說後來有人解除婚約，據說我前妻又不見，一開始有點難過，其實想再見她一面；但沒幾秒的時間，我突然狂笑，在當時，我笑我詭計得成，我笑錢真好用，我笑這城市的人真現實，完全不管社會道義責任。

那是多麼大的轉變，在我心中。

難以忘記某句話像冷風吹過，我還記在心底，每每遇見愛情時，我總是會想起，我對那陌生女子說：「去跟那貴婦說，妳未婚夫其實和我在一起一年了，他有過我有過妳，也曾有過無數妙齡女子，妳自己要當心。」

每每想起，我總是笑著流淚。

03

一覺醒來，我穿著兼差的松鼠裝，站在工地；滿腦子盡是一定要想個主意，錢是如此重要的東西，我不能讓主任他們騙走我的血汗錢。當腦海裡充斥著這件事時，我忽略時間的重要性，距離賭局開盤時間還有一個月，我只要在前一個星期行動，就能萬無一失；但今天我就是衝動了，距離看見主任和會計小姐手牽手的一星期之後，不知道是不是陷阱，我竟沒注意，一個工人喝醉酒，開始唱著部落的歌曲，他還說他要去問政府：什麼時候要還他家土地。

我在一旁冷笑，我喃喃說著：「當初四萬元換一塊錢都沒人抗議，有些人家產送過去，只換得五塊錢，那是多麼殘忍的事情，整座臺北城都陷入困境；生意做不下去，原料沒有錢可以買，地沒有人租得起，工人也不再請得起，這就是現實，任何東西都喚不回曾經。什麼因為要回饋家鄉，所以離鄉背井，什麼要讓家鄉的親人過好日子，所以北上打拚，只不過是種吸引，這裡有家鄉沒有的魔法，嫌棄家鄉破爛是事實，北上無非是想脫離井底之蛙的醜名。」

不明白自己為何如此對最好的朋友（卑南族的阿俊）說上這樣的話……也許他聽見了，或許是風的緣故，在未興建完工的高樓上，阿俊又往鷹架前走去。

應該去拉住他的，我應該這麼做，但我竟沒有，我還繼續讓風傳話，「現在百業蕭條，各個行業都景氣不好，不如歸去，家鄉還有親情那是真正買不到的東西，留在這兒，無情的城市，我們用血換來的錢，一眨眼就讓這城市給吸回去。」

阿俊真的似乎聽見了我的低語，他望著天空，直對著附近的大樓喊叫：「什麼有錢就有藥可以醫，我母親也沒有因為城市的藥痊癒，甚至還被其他醫院判定是誤診，所以導致我母親錯過黃金治療時期。」

阿俊一直哭喊，手還向四處亂揮，「錢不是萬能的，我們本來就不需要錢，我需要的是食物，我需要的是家人，我需要的是安寧平靜的生活，我需要的是打獵，我需要的是祖靈和大自然的山林……」

工頭趕了過來，他對阿俊說：「先過來，有話慢慢說，不要靠鷹架那麼近，先過來再說。」

阿俊聽了，他悄悄轉身，不像喝醉酒一般，他的眼神顯得格外晶亮有神，他冷笑然後問工頭說：「我們有沒有勞健保，有沒有保險？」

工頭點點頭，還溫柔地對阿俊說：「就快要過年了，聽說老闆要加薪，你趕快過來，我給你算算今年的年終獎金。」

阿俊嘆了口氣，又轉過身去，他揮揮手，不知道是在對誰說話，「錢真的不是萬能的，我只想要回到祖靈身邊，我只想要在祖先留下來的地方痛痛快快地再打一次獵。」

阿俊走了。我當場嚇壞，一時之間，我想到老闆可能會將我們的年終獎金拿去支援阿俊的慰問金，我趕緊抓住工頭說：「把我的賭金還給我，我親眼見到主任和會計小姐在一塊了，這是騙局，把我的錢還給我，一定是你們逼死阿俊的。」

錢怎麼不是萬能的，我不相信。

彷彿是陷阱，逐漸要引我走向一個常理無法判斷的世界。阿俊過世隔天，我被迫辭職（可能是因為我兼差的原因，或者是我拆穿了主任的面具），握著這個月的薪水，離開工地，我流落街頭，頓時無家可歸。

很離奇的事，我身上仍是那套松鼠裝，乾脆將家當綁在身上，然後再穿上打工的制服，我跟兼差的老闆報到，還跟他說：「我現在可以整天為你發傳單，為你廣告。」

開始跳著兔子舞，接著轉圈圈，很多小孩都被我吸引，然後我發下傳單給他們的媽咪；蹦蹦跳跳，我表演，我發傳單，據說我的效果很好，很多店家都來委託老闆作行銷。

某天午後，我揹著老闆給我的新裝備，他說這次的任務很特別，是要幫忙蓋房子。我問：「嗯，是在哪裡啊？怎麼做，是要我一整天穿著松鼠裝蓋房子來吸引路人注意嗎？」老闆點點頭，他直誇我聰明，還說這袋子裡有我需要的道具和傳單，我只要見機行事。

點點頭，用我那笨重的松鼠頭套努力向前搖晃；然後緊跟著老闆走，繞過百貨公司特區，鑽進小巷子，一幢幢的舊房子還有一棟棟像國宅的舊公寓，我有些好奇，這裡怎麼會有新建案，這裡的地那麼貴，就算時光倒流，回到一九三四年前，原本在老家擁有大片土地的祖父也不可能用老家的所有土地來換這邊的一坪。

去到現場，果真已經挖好地基，我開始從口袋裡掏出紙條，上面寫著氣球；於是我開始摺起氣球然後漫天灑，風一吹，五彩繽紛的氣球就像會移動的廣告招牌，就算再遠的人也看得見。接著埋頭作起自己的老本行，我挑磚頭，我攪拌水泥，我綁鋼筋，我還發點心——那是老闆袋子裡裝的東西，真的很神奇，我只是因為有點肚子餓，所以想吃東西，才一想完，就覺得袋子熱乎乎地就像裝了剛出爐的包子一樣，我一伸手，果真有饅頭包子。

人潮果真被我吸引而來，我趕緊伸手抓出一把傳單，像變魔術一般，我給孩子們氣球，給大人廣告紙，一會兒又繼續搬水泥，還表演綁鷹架的過程；很多人給我鼓掌，很多人則對我說：「天呀，這真是太神奇了。」

我一點都不知道他們在說什麼，就像那些混雜在我身上的記憶，有防空洞內的哭聲，有防空洞外的飛機聲，還有祖父說的一聲聲再見，跟很像如依的女子一直對我說：「對不起，四萬元只能換到一塊錢。」

才剛想完，我覺得我的袋子又鼓了起來，我摸一摸，掏出一架模型戰鬥機，旋即，我就送給一個直對我傻笑的小朋友；接著是一疊玩具紙鈔全是百元舊式鈔票，我向天空灑，很多人卻莫名地趴下來撿，一副那是真錢的模樣。我不禁偷偷笑出聲，還喃喃著袋子的神奇；突然前方有一個女生直盯著我瞧，我覺得她很像一個人，卻又說不上來，畢竟那裝扮太奇怪，竟是改良式的日本浴衣。

當下，我真想好好揉揉自己的眼睛，但我現在穿著松鼠裝，根本就不能做這麼困難的動作，我只有一雙圓球狀的胖手，我什麼事都做不到，那些細微的動作，我只能拿提搬東西而已。但這卻是古怪的地方，在我方才沒有意識到自己穿著松鼠裝之時，我明明還動作自如，怎麼一轉眼，我卻像隻手腳笨拙的動物，論資歷，這可不是我第一天裝扮動物了，實在不應該有如此表現。

才這麼一想完，我又覺得自己動作靈敏了起來，現在仔細又望向那女子，竟是如依當年在老家時的牛仔褲和白T恤裝扮。揉揉眼，我實在是太過驚嚇了，那是年輕時的如依，不應該是這樣，她應當三十幾歲，她該濃妝豔抹，她該全身名牌。再度睜開眼，眼前的女人又變成我說的裝扮，頂著超濃眼妝還刷上黑色超捲翹睫毛，她全身名牌衣服、名牌鞋、名牌包，卻詭異地一直對我笑，她曾經對我笑過嗎，她有對我如此溫柔過嗎？我突然全身打起冷顫。

不再去想如依，我還是得盡力工作，我開始發傳單，還跳起街舞，所有人都直呼，「天呀，這真是太神奇了。」

我都快被這句話搞糊塗了，到底哪裡神奇，難道是我的問題？我突然想要一面鏡子。說完，我的袋子裡又鼓了起來，我拿出鏡子，直看著應該身穿松鼠裝的自己，不看不打緊，一看就嚇得打破鏡子，我的服裝每三秒鐘變一次，像玩變臉一樣，時而松鼠裝，時而兔子裝，時而恐龍裝，然後又是松鼠兔子恐龍，松鼠兔子恐龍，就這樣沒完沒了下去。

拍拍胸脯，我告訴自己這是最新科技，要出門前，老闆不是說過，這是新的裝備，我不要再自己嚇自己。

當我再度回過神來，我看見眼前的女子仍是如依，卻是一臉十六七歲的模樣，她靠過來了，我頓時嚇得只想逃跑，不能讓她看見我的狼狽樣，我不是大老闆，我三十幾歲了，我在工地上班，我在這裡發傳單；趕緊逃跑，卻跑不快，身後又傳來民眾的笑聲，「哈哈，好好笑的兔子舞。」

這是面具嗎？我全身的裝扮，那是不是有一天終要拿下來，就像我和如依訂婚的那一天；我們以前見過面，但我總是繃著一張臉，她則是一臉委屈，我始終記得她成為我未婚妻的第一句話是，「我是你妻子了，你可不可以笑一個？」

我還戴著面具，我每天跟她生活總是戴著面具，我當時是學校的校草，我從國小就很多人追，很多女生在學校販賣我的照片，我總是在情人節收到數不清的卡片……但我卻沒收過一直同校到高職，那個曾經是我妻子如依的任何一封情書。她愛過我嗎？我始終沒有問，她當時是不是也戴著面具，一臉苦瓜的假面。

她仍追著我，我雙手緊抓住頭上的布偶頭套，全力向工地裡奔跑。那是無法解釋的現象，她從來不是體育健將，卻輕易地追上我，不是因為我身上的厚重裝扮，畢竟我已經跟身上的布偶裝合而為一，那是我很清楚的感覺，所以我是自由地做著每一個我想做的動作。

她就是追到我了，她還抱住我，透過我的布偶頭套耳朵，她輕柔地對我說：「我現在是公主了，只要我一吻你，你就可以變成富有的王子，只要我再嫁給你一次，你就可以擁有全世界的錢。」

我有沒有聽錯，這一定是陷阱，她一定是要報復我，她要在眾人面前騙我褪下頭套，她要羞辱我；因為三十幾歲的她可能已經是某中小企業的負責人，而我還在打零工，沒錢沒車還沒住所。

04

一覺醒來，我是隻蟲子，赫然發現不對勁的地方，時間竟停留在，我剛北上的第一天。

我的身體縮小了，這是怎麼一回事，望著陌生的住所，那日曆竟停在十五年前的那一天，我北上臺北，我進入人力公司，我開始打零工作粗活。

可這裡不是我的租屋處，透過我縮小的視野，我感到那房子異常的大，那窗戶也像開在高處；判定這是一間位在高樓的房間，但我無法過去窗戶那裡俯瞰四周，因為我真的被縮小了，只要風一吹，我就會開始飄動。

這是怎麼一回事？我小心翼翼地在雙人沙發椅上走來走去，我心想：先弄清這裡的環境，保證自己目前安全，才是重要事宜。

米白色的牆，鐵灰色沙發，前方還有背面靠牆的辦公桌，看起來像是辦公室的模樣，飄著淡淡的香水，不是古龍水的味道，判斷是女人用的辦公室，但這裡又是哪裡，我可沒有跟過一任老闆是女性。

到處晃晃，踩過布沙發，小心爬下站在鋪著灰藍色地毯的地方，再遠一點可以看見瓷磚的顏色，是白色花紋的大塊地磚，感覺上很冰涼。我又向前跑過去，沿著電話線，我爬上辦公桌看去，那裡有一面小鏡子，我趕緊走過去看看自己，竟是穿著蟲子裝還被縮小的自己，只有臉沒有變，不過再細看，我覺得自己變年輕。

在不知名人士的辦公桌上跳來跳去，我仍在搜尋線索，一張比我大上十幾倍的相片吸引住我的目光——那是邱如依的相片，我心中一揪，一陣沒來由地憤怒噁心想吐……為什麼是邱如依，這是怎麼一回事，我開始回想，我記得，我當時身穿松鼠裝，我人在工地……

果真是騙局，就像很久以前，她對我說：「對不起，四萬元只能換到一塊錢。」

我當時在臺北城裡，我在採買原料，我在做生意，那女人卻拚命催我回家，不管我是不是有正經事要談，還是在酒家裡溫存，她隨便派了個北上辦事的鄰人劈頭就跟我說：「限期三天內趕快回家，最好把紙鈔換成黃金。」我沒聽她的話，那是一九三三年的尾聲，我人在臺北，我帶著一些錢正在享受繁華的世界，當然這裡頭也有許多不尋常的氣味，但我總是刻意忽略，我總認為，這臺北城是我們這些生意人用家鄉產業的錢所堆出來的境外桃源；我們在這裡交易，我們在這裡消費，我們享受自己努力出來的天堂又有什麼不對，那女人就是愛在那邊疑神疑鬼，她總是催啊催。

一九三四年物價波動，紙鈔價值不穩定，但勉強通用，當時那女人跟我說：「還好，她用自己的錢買了些珠寶，所幸的，才沒有浪費那些錢。」我還是不以為意，我總是想看她搞什麼鬼，我想知道，她準備的那些財富究竟最後是要拿去供養誰。

一九三八年，舊鈔變廢紙，我哭著還想用一張張的紙鈔留連在我曾經投資的酒家，其他投資者把我趕出來，他們還騙我說：「你的錢變成廢紙了，你的股份就像流水一去不回。」

我被騙了，回到家也被騙，那女子對我說：「對不起，四萬元只能萬到一塊錢。」

是她獨吞了我的錢，我氣得掐住她的脖子，她拚命掙扎，最後用極為微弱的聲音對我說：「我有把你留在家裡的那些紙鈔提前拿去買了黃金，我們只是賠了一部分，並沒有全賠。」

喪失理智，我直說：「我就知道，我就知道……」雖然沒有馬上放手，卻也沒再加重力道，許久之後我放開她，她開始咳嗽哭泣，我命令她交出黃金，我跟她說：「我要去臺北買地買房子買酒家，看誰還敢說我沒錢。」

那是照片裡的如依，我第一次看到她沒有圍圍巾，完全無法動彈，我看見那勒痕，我只問過她一次，就在結婚後的第一天起床，我冷冷地問她：「為什麼要二十四小時圍圍巾？」她當時說：「因為脖子上有胎記。」

這是不是另一場騙局？就像祖父的叮嚀，他要我到臺北努力工作，然後買房子買公司；這是誰的願望，是我自己潛意識所說出來的話，卻假借對祖父的模糊印象所產生的故事，還是祖父也想如堂伯公一般，他也想擁有城市的繁華美夢。

這些記憶實在太奇怪，我懷疑是母親懷孕時，對我所造成的影響——這些負面的胎教，讓我此刻陷入非常大的困擾；努力想讓自己保持清醒，我趕緊想弄清楚現在究竟是怎麼一回事。

只聽見牆壁上的時鐘突然響起來，看外面照射進來的陽光，時間正好是下午三點；依稀記得，昨天下午三點，如依抱住了我，她說她是公主，只要我親吻她，我就擁有財富。

我真的親了她嗎？我是一點印象都沒有，我只記得，我一個人落寞地走回老闆的行銷公司，是打工小妹幫我褪掉那身厚重的布偶裝扮，接著我說要回家——然後又是如依的出現，她當時對我說：「你祖母的墳要翻修，因為那附近土地的營養都被吸走了。」

這是什麼話，我壓根子聽不懂，我只記得她問我有沒有地方過夜，我搖搖頭，然後她要我跟她一起走，她還不斷地說：「我是公主，娶了我，你就會有錢。」

這是什麼鬼話，她還不是公主的時候，我就娶過她，也許是酒精作祟，她帶我進了一間豪華公寓，一層一戶，她還有私人酒窖。因為覺得好奇，所以我喝了一口她珍藏的酒，然後她好像又問我一次，「娶我，你就會有錢。」我當時好像點了頭，然後情不自禁湊到她身上，我親吻她，那是我渴望很久的紅唇。

接著，我記起面具的事情；我當時真的不是故意，我也想對她好，因為我也很喜歡她，如果不是前世記憶作祟——我竟相信祖父的話，說我自己是堂伯公轉世。

我好像真的任由體內的血液奔流，開始進行很熟悉卻也很陌生的情感交流，她冰冷的雙頰，她細緻小巧的鼻子，唯一不變的是，她緊閉的雙唇在某個時刻；我以前總厭惡那模樣，現在我卻想親吻她，於是我讓自己貼近她，像挖掘東西一般，卻是懷著感激的心情，我慢慢挖，讓她的雙唇緩緩吐出來，然後我再次貼近，享受那親吻的感覺。

很可能是騙局，之後我癱軟，像是被什麼吸完全身的力氣，很恐怖的感覺，我陷入深淵，沒有地方可以攀附，我沒有身體沒有具體的形象，我只是我這個意識，深陷在無助的地方，那像是地獄；有遠方的聲音說著：「不是錢的問題，一切都跟進化有關，只是有人忘了演進……」

經過了地獄的場景，我一覺醒來之後，便是現在這模樣，我是一隻蟲子，我正待在那邪惡女子的辦公室；忽然想起老家的情景，抓到兇手了，我們那相對於這座城市的蠻荒，我曾以為那是催眠，原來竟是這妖女所為，她施法，她吸走老家的能量，她讓我的時間停止，她自己卻進化。

05

下午，一覺醒來，我是隻猛獸的混合體，我有獅子的鬃毛，老虎的斑紋，黑豹的眼睛，鬣犬的臉；和前幾天一樣，時間不再變動，我仍待在上臺北的第一天，我在人力公司的宿舍裡，一臉茫然照著鏡子。

推開窗戶用的是前肢，我已經無法再去工地上班，也沒辦法回去裝扮成動物布偶打工，一躍而下，我想逃跑；從遇見如依的那天起逃跑，我想跑回原本屬於現實的世界，要我輸錢還參加工地主任的結婚典禮都行，只要讓我回去做自己，儘管有那麼多的騙局，我都願意。

但這似乎都不可能了，我躍下來之後所接觸到的土地，不再是柏油路，全是泥土和野草，沒有臺灣第一高樓，我只看見一棵大樹，它的根可以伸向很遠的地方——那些曾經很熟悉的地方。

這城市的確變了樣，那真是神奇，如依的魔法，如依的夢境裡，好多人正準備回家，沿著樹木的根，有人回到種植池上米的家鄉，但他們的米不見了，因為樹根正在吸收白米；有的人跟著樹根回到佈滿漁塭的老家，但魚卻不見了，因為樹木的根正在吸收大大小小的魚；有些人回到種滿竹子的家，他們想要用竹器來謀生，卻發現樹木的根正在吸收，竹炭竹器竹之藝術品全都消失，樹木正在召喚它們。樹木的根越是吸收，家鄉的養分越是稀少，很多人茫然地看著大樹，回家沒有養分可以存活，留在大樹身旁又沒有位置可以容納，那是成千上萬的人在樹上，他們工作，他們幫忙吸收養分，他們轉化製造。

已經變成一頭四不像猛獸的我，只能站在樹枝的某一小角，等有人趕我走時，我再跳開往別的樹枝待。

「這是演化的必然。」如依終於出現，她從很遠的地方對我喊著。

我一聽，趕緊跳下去，越過層層雲朵，我像是要奔回家一樣，但不該是這種感覺，如依跟我是仇人，是她害我變成這模樣的。

只能低吼，我著陸的時候，很奇怪的魔法，我看著如依卻不能說話，我相信這也是她的傑作，我只能拚命瞪大眼睛流眼淚，好似我在跟她說：我恨她。

如依卻仍是一臉微笑，她拍拍我的背，還順順我的鬃毛，她對我說：「該回家了。」她牽起我的前肢，慢慢往大樹外的方向移動，和某些逃跑者一樣沿著某一條樹根走，我感到自己的進化，從四不像野獸到猴子，然後是人猿，漸漸的，我是一個人，我裝著整齊的學校制服，我一臉驚訝，馬上轉頭想跟如依說話；如依比了暫時別說話的手勢，她要我轉頭看原來所處的城市。

下午，一覺醒來，我是一名技工，我正前往臺北市某大樓修電腦，我感到身上多年的疲憊全不見，我感到暴躁易怒的個性也不見；一身輕鬆地提著工具箱，我搭電梯上樓，是透明電梯，我眺望遠方，只能看見河水。

我突然很想家鄉，我想起家鄉的海，那些養殖的蚵仔，我好想吃祖母煮的飯；開始流淚，我想起在家鄉讀高職的情形，我在家鄉通過丙級檢定，後來……我好像有再往上念，我還讀了大學然後才留在臺北工作；這之中，我認識許多朋友，他們有來自美食府城的，還有正港高雄人，以及種水果的梨山人，還有家裡開民宿的花蓮人，和祖籍是嘉義，八七水災後變成臺東人的李老闆——就是他推薦我到現在公司上班的。

而最近我租的地方，樓下有新開眷村的食堂，再過去一點的那條街上，聽說新開一家在南部紅到不行的麵包店；只要我下樓，我便可以從彰化肉圓走到安平蝦捲，什麼地方的小吃都有，彷彿是超大型的百貨公司一樣，從南到北，從西到東，就連離島的飾品和小吃都有在賣。

那個下午，我修好電腦之後，經理招呼我吃下午茶，那是很懷念的鄉音，原來我們都來自同一個地方，像是某種臍帶，把我工作的城市和家鄉緊緊相連。一個下午過下來，我感到從未有過的欣喜和感動，不再厭倦每天的生活，我喜歡這裡，也喜歡家鄉，就如同我懷念過去，也珍惜現在一般。

那是停滯和進化的問題……一覺醒來，我還是我，今天工地那邊，還有人要我回去上班嗎？漱漱口，望向日曆，今天到底是幾月幾日？

時間似乎又回到我在工地和人賭主任會不會結婚的當天下午，我趕緊衝回工地，重新開始認真工作，沒有人開賭局，可能是因為我遲到，完全錯過那時間；仔細回想，那天起鬨的，原來是我自己。

感到有些慚愧，遇到人就覺得臉紅，不過總算有機會可以改過，起碼我還有時間可以拯救阿俊的性命。突然手機鈴聲響，祖父跟我說：「你阿嬤要遷墳撿骨，這禮拜有空就回來拜拜。」還真是神奇，夢裡如依跟我說的話，原來真有其事。就在我以為我真的脫離夢的空間，一臉感激的模樣時，突然有人拍拍我的肩膀說：「你打算放棄停滯了嗎？」

「我一直都在停滯嗎？」我反問那聲音，卻不敢回頭。

過了幾秒，如依出現在我面前對我說：「就像蓋房子般，快跟上腳步。」

從某個工地換到另一個工地，一個接一個，就連畸零地也成為大樓公寓……下午一覺醒來，老闆叫我趕快去發傳單，看看手錶，下午三點；快速去到公司，換上松鼠裝，我開始在五分埔的街道上發傳單。

一邊跳，一邊跟小朋友猜拳，輸的總是我，我卻不再像以前那般無奈，我突然也覺得這樣很好玩，想想再加上這兩年兼差的錢，我應該可以再回學校去讀書，一邊半工半讀，應該還是有機會好好發展。

精神格外地好，我感到心情異常地愉快，連自己都感到訝異；先是機械舞，還學麥可傑克森，接著是可愛的康康舞，然後發下傳單。

沒有看錯，那是我的初戀情人，就在不遠處的街角，穿著一身鐵灰色的套裝。我慢慢移動腳步，像划著一只孤舟終於快要靠岸；沒有公主，也沒有財富，更沒有女巫，我曾經停滯在同一個地方幾十年。

好像終於可以跨過去了，我在如依面前摘下松鼠頭套，我先說：「好久不見。」如依先是嚇了一跳，許久都沒反應過來，直到人潮都聚集過來，她才低下頭說：「好久不見。」人潮又散開，我以為她這次真的又要走開，不知道是不是我仍在作夢，如依往前走了幾步，停頓，她回頭問我說：「這個禮拜，你阿嬤要遷墳，你會回去嗎？」

和睡覺有關的拍賣會

賣屋篇

01

有一女子曾經活在眾多人的夢境裡，逐漸在復仇的夢散去後，醒來。

她的眼睛是藍色的，她的頭髮是金色的，小時候在幼稚園裡，有人喜歡她，有人叫她洋娃娃，但也有人討厭她，還有人稱她為魔鬼。

她很不快樂，她不太會講話，她總是躲在角落，書本是她唯一的朋友；那時，她媽媽曾威脅要賣掉她，她爸爸不常回家，他們家到處都是油畫顏料的味道，有一次房東來催繳房租的時候，還跟她媽媽多要了一筆油漆房屋的費用，因為房東宣稱：「妳的恐怖油畫把我的牆壁搞得很髒。」

她上過很多間小學，她那時很常轉學，她父親四處表演，也許她媽媽也想跟著一起環遊臺灣，只是他們沒有錢。從士林搬到萬華，再從萬華搬到文山區，沒多久到內湖，最後又回到萬華，許久之後，她才在長大之後搬回士林區。

那也許是她記憶凌亂的開始，猶如臺北城的記憶，從小河小橋變成中山北路上的五巷、三十三巷以至於各大馬路裡的幾巷幾弄，一轉眼，羅斯福路四段二十四巷十二弄有一半成為後來的汀州路三段一百零四巷——溝渠成為街衢，河道成為斜岔路，她的生活也逐漸分不清真實和虛幻，只好建構新造起屬於自己的故事，一如臺北城從莽原荊林間被開創一般。

直是如一條河流般緩緩潛入延吉街旁的小河，隨著臺北街道的變化，安歐娜的故事重新再造。

安歐娜一向不太愛說話，後來的她當上護士，沒多久後離開再度進修；她曾經在補習班打工，她還當選過最受歡迎的補教老師，因為她說的英語很正統，她的教法很生活化，她講英語很自然，如同母語一般——但不太可能，在安歐娜的記憶裡，她來自北方。

如一場夢，在那未清醒的人生裡，安歐娜時常作夢，不一樣的場景，卻據說有相同的人物出現，看不清楚的面容——是一名男子，安歐娜憂心：這是否代表不好的徵兆，關於自己的命運……不知道何時改變的——安歐娜的模樣，像是怕被人認出來又像是躲債，等她再度重回醫院，以一個諮商師的身分，她的頭髮是黑色，但實際上離東方人的黑色仍有差距，她的黑色有灰色和暗棕紅在裡面（就像日式烏瓦和三合院磚牆隱沒在水泥建築中）不是很輕易就能發現，那是她頭髮後來的顏色，像逐漸太陽下山的天色，慢慢轉黑，慢慢有星星出現。

安歐娜的眼睛也起了變化，她的藍色眼睛開始加入些金光，就像水果緩緩成熟，吸飽了滿滿的太陽能量，熟果顏色逐漸鮮豔，由淡藍到碧藍，然後是熟透的現象，安歐娜的眼珠顏色，逐漸金黃，橘黃，以致於降溫後的琥珀色。

那些安歐娜以前的護士同事們，望著安歐娜的轉變，他們在休息室竊竊私語，他們在下班後邊踢著石子邊猜測安歐娜的事情。有人說：「她染了髮之後，一定還戴了角膜變色片。」有人說：「肯定是整形的問題。」還有人在日本料理店中一口啤酒泡泡沾滿嘴後，嬉鬧著說：「那不是那個安歐娜，這個安歐娜是臺灣人，至於以前那個安歐娜——」一直狂喝啤酒的小姐突然噤聲不語，幾秒鐘之後，她才唱起一首老歌，「伊是荷蘭的船醫……」一陣笑聲，大家都在笑，嚼著生魚片的在笑，吃著軍艦壽司的也在笑，喝啤酒的喝熱清酒的，他們全笑成一團，接著喝光最後一口啤酒，那個方才唱歌的小姐繼續說：「以前那個安歐娜的父母除非會變身，要不然怎麼會生出金髮碧眼的芭比娃娃，搞不好是棄嬰，搞不好是年幼換血時，換到外國人的血；哈，我真是有創意，還有還有，你們說，她還會不會是混到西班牙還是荷蘭人的基因？」

是同一個安歐娜，大家明明都知道，醫院裡的醫生都在聊，大家都認識以前和現在的安歐娜，但那差異太大；就像讀大學就開始買套房投資的安歐娜，大一時，她買的二十幾萬中古套房，到大三轉手時，已經賣到五十幾萬。後來的差距更大，大二買的兩間中古偏遠小套房，因為供不應求，大四時已經漲了三四倍；像是有人在耳邊一直鼓吹安歐娜買賣房屋賺錢，就這樣由套房換到兩房小公寓，後來也順利地在士林區買到自己的小窩，銀行存摺裡還有為數不少的存款。

怕別人知道，那些短暫就脫手的交易事件，所以本身也不願去記憶，關於第一間買的套房，那裡的牆壁有點斑駁，下雨忘了關窗的地方，還有雨漬滲透，油漆掉落，水電管線老舊，沒有什麼感覺；像是依著直覺，潛藏在安歐娜心底的一個聲音，她不知道那是誰，也不確定是不是有危險，一旦那聲音說久了，安歐娜就像被催眠，她是最乖的小孩，那聲音說什麼她就做什麼。偶爾，她還拿那聲音當朋友當家人，她累的時候，她想哭的時候，她想找人說話的時候，那聲音也會陪著她，安歐娜才因此不感到寂寞。

那心底的聲音和安歐娜，還是會有吵架的時候。

她對自己心底的聲音說：「我爸還在花蓮表演，我媽最近到高雄去當街頭藝人，他們都沒有家，我又怎麼會有家……」

那心底的聲音仍是持續地說：「不在這裡，我不是說在這裡……」

那像回音，安歐娜自己也一再重複，「不在這裡，不在這裡，那是在哪裡，家是在哪裡？」

心底的聲音持續說著：「就不是在這裡，真的不是在這裡……」

像在曠野裡的自言自語，安歐娜回答：「不是在這裡，究竟是在哪裡，是在哪裡？」

不停地買賣房子，安歐娜不像父母，她始終都堅持留在臺北城，至於她到底是從哪裡來的，她已經記不清了，那像是夢，好像都是因為什麼原因……讀研究所的時候，對於教授的問題，眨眨眼睛像是望著深沉睡眠中的幻影，安歐娜只能回答指導教授說：「從天堂落下，我一睜開眼，就看見這城市，我不斷地搬遷，卻始終沒有離開，我在臺北成長，我在臺北讀書，我在臺北工作，我現在還在臺北，彷彿這是一場未醒的夢。」安歐娜研究所的指導教授搖搖頭，「純粹聊天，我在妳心中，究竟是敵人還是朋友？不需要隱瞞，連自己也不要隱瞞……」安歐娜眨巴著眼睛，隱約露出童年時的水藍眼珠，一時之間，所有的問題都被吸入那湖泊，看起來平靜無波，卻可能有另一個世界隱藏在裡頭。

指導教授繼續問，像是在湖泊裡尋找斧頭，安歐娜則是不回答，她覺得自己眼裡的湖泊沒有仙女也沒有奇異國度；指導教授的斧頭掉落，咚一聲就會消失，因為她眼底的那個世界，從來就只有深淵。

怎麼可能放安歐娜逃走，身為諮商專業人士，指導教授緊咬著安歐娜不放，開始使用諮商那一套，建立關係，傾聽，重述安歐娜的話語以釐清她潛在意識，只可惜安歐娜的話語過於簡短，什麼事又都太斬釘截鐵，真的可能是假的，假的可能是真的；她只承認自己目前正在做的事情，至於從前，她總覺得就算沒有記憶，也不是什麼大問題，更不用花心思去在意。一切都推給夢境，如同她小時候的印象，那些鄰居，他們走了，他們的房子留下，又有新一批鄰居來到，他們有的說自己是花蓮人，有的說自己是臺南人，還有雲林和嘉義，而至於原本在樓下賣饅頭的老榮民楊爺爺，他不知是什麼時候離開的，他去了哪，是不是回家和妻女團聚了？那時，小安歐娜的心底隱約有些訴不出的不安和難受，等她長大之後，躺在回憶的山丘，她只淡淡地對指導教授說：「我只是可惜自己再也吃不到那些好吃的山東大饅頭。」

那時，指導教授承認遇到對手，頑強的學生正在抵抗，他必須要安歐娜體驗被諮商的感覺，才能讓她了解諮商真正的治療過程和效用。安歐娜也懂教授的意思，但她卻開始裝傻，也許是在思索著什麼夢境裡的故事，許久，她才回應教授說：「我總是想睡覺，像是要遺忘什麼。」

指導教授對安歐娜突然的坦白，感到十分訝異，他知道那是種詭計，是種誘導，但他要如何接招？推推眼鏡，慈祥和藹地看著安歐娜，實際卻在思考如何突破這座叫安歐娜的迷宮，像是望向安歐娜深處的藍圖，建築結構為何，施工工法，哪裡有破綻，水電管線在牆壁裡的走向，未來可能增建的部分……

安歐娜也洞悉教授可能思考到的層面，她決定先發制人，她清清嗓子，改變剛才想用哽咽的方式來述說一個真假難辨的故事；這次，她用平靜的語調，直是讓教授感覺到自己刻意壓制下的安靜湖面，就像自己夢境一般的冷色調，那會是更真實的故事，儘管她根本不知道故事的由來和自己為什麼會知道。吞吞口水，安歐娜欲言又止地說著：「我的鄰居很奇怪，昨天對面一樓明明開的是早餐店，今天早上就變餃子館，連老闆都換人，連那個平常愛哭鬧的小男孩也不見；但大家依舊習以為常，就像餃子館不是憑空出現，大家還是自然地走進去消費。」

指導教授聽了話語，忽然間像從異次元時空回來，從那個剛才身旁充滿程式和光速運動的安歐娜小宇宙中回來，他第一句話就是想澄清安歐娜的心情，「妳為什麼會想到這件事，而這件事對妳又有什麼意義？」安歐娜止住自己內心的笑意，有人上勾了，安歐娜在心底竊笑，接著她開始回答教授的開放式問句，「我只是聯想到一個夢，在我的夢裡，臺北一直在成長，就像高樓大廈都是這城市自己長出來的模樣，由洗石子、瓷磚到新建材，臺北越來越巨大，招牌、燈光、鐵窗、冷氣機……我感到自己也彷彿是這城市的一部分；但一不注意，就會像我家附近的那些鄰居，他們的故事不夠吸引人，他們的能量不夠支撐這城市的巨大夢境，所以咻一聲，臺北吐出了那些可憐的鄰居，他們不再屬於臺北，他們只能回家去。」

當時，指導教授很滿意，他對安歐娜說：「開放不見得是不好的事情，關於妳所提到的夢境還有回家的問題，我建議你去讀完《夢的解析》，下次我們再繼續這個話題。」

02

安歐娜跟一個人說話，但對方男子聽不見，男子在另一個真實的世界，他不知來臺北幾年，他跟年紀小的學生說自己是德國人，又跟大學生說自己是馬其頓人，沒多久一個經過他皮雕攤位的老先生拄著枴杖跟他說very good的時候，他卻回答老爺爺：「感謝，臺北是我的家，這裡真的比我北歐的家還要更親切。」

沒有人知道男子是哪裡人，就連這一年來常出現在他夢境裡的安歐娜也摸不清他的底細，只是每當他雕完一皮件作品時，在他夢境裡的安歐娜總會問他說：「男孩，你的家到底在哪裡？」

她喜歡讀書，翻閱著一九五〇後的日記，那是誰的日記；安歐娜心底的聲音告訴她，「那是我來到臺灣的年代，那些可能是我的日記。」不可能是她心底聲音的日記，安歐娜為此煩惱不已，直到她和她老公去參觀夏卡爾的展覽時，她才知道那些究竟是誰的日記。

和她的聲音一樣的愛講話，那些在倉庫裡的文物，還沒輪到展期，那些商代的青銅鼎，那些宋代的畫軸，還有清代的墨寶它們在唱當時的歌謠，它們還講起曾經。坐火車坐輪船，到上海到南京，它們沒有時間休息，它們輾轉又被分批，不知道明天會在哪裡，不清楚什麼時候才能重見天日。在木箱裡，在包裹地十分完善的包裝裡，像逃跑般，不知道要顛沛流離到哪去……雖然很習慣搬家，一個主人換過一個主人，最後到皇宮裡，久久才能呼吸新鮮空氣。那些細小的聲音，說自己是一九四八年來臺的第一批；那些說話鏗鏘如金玉撞擊的聲音，它們說自己是一九四九年才來的，當時情況不明；那時，它們全在暗無天日的洞穴裡，躲過潮濕侵襲，避過滅絕的危機，最後一次搬家，是在一九五四年，當時有人在外面剪綵，還開心地拍手說：「恭喜，恭喜，今天是故宮復館的日子……」

安歐娜的確讀過那些歷史，但這又跟她時常想起的那些日記，那些零碎的記憶，如植物生長，花開後凋謝，然後等輪迴再次盛開，彼此間有什麼關係？有關於那些日記，它們只存在安歐娜心底的最深處——她一直不敢讓老公知道。

他們又是怎麼認識的，他們又是什麼時候結婚的，當大部分的人都笑安歐娜是假外國人時，是什麼樣的人能夠站在安歐娜的身邊，成為她的支柱，成為她的唯一，成為她貨真價實的家人？

像是夢境，安歐娜作了個夢，在大學裡的圖書館，她當時研究所還沒畢業；那是她看過的眾多書籍之一，如《聊齋誌異》還有日本鬼故事，她所處的城市佈滿野獸和妖怪，而安歐娜猶如一個俠女，她要為家族復仇，她感激給她棲身之所的老婆婆，因此她想幫老婆婆的兒子生個孩子。故事在夢境裡開始，她戴著妖怪的面具，在城市的高樓大廈間尋找仇人和恩公，像是光速一般，她經過之後，她身後的風景，舊五層樓公寓翻新，新的公寓大廈有更多人入住——他們來自另一個時空，他們得重新適應這座城市的時間；夢裡的安歐娜在另一個世界一直向前奔跑，直到抵達盡頭才轉身開始繞起圓圈，一圈又一圈，每一分鐘過去都像是一年，丘陵不見，公園綠地出現，孤墳消失，大樓從土地吸收了足夠的養分，便開始成長為巨獸。找不著，不知道花了多久的時間，身旁的妖怪，有紅髮紅眼，也有綠髮灰眼，那可能大部分是戴了面具偽裝成妖怪，那些剛搬進城市的人們——那是種防備，只為了生存，逐漸迷失，像是被面具吸走了能量，以後都會是面具的一部分，直到成為半人半妖。過程中，安歐娜也逐漸迷失，她可能也隸屬於那半人半妖的一支；但可能是因為受傷，所以失血過多而產生失憶，安歐娜只記得復仇，卻不知道仇人是誰，所以她只能在城市裡不停地奔跑，直到她找到仇家。

許多年過去，安歐娜在夢裡仍沒有恢復記憶，直到一個年輕人，他對著天空大喊：「歇一歇，也許會好一點。」是對著安歐娜說話嗎，還是對著不停成長的都市說話？但安歐娜真的很累，她就當作是年輕人的好意，她決定停止奔跑，她想下來休息，不想在城市的天空裡無止盡奔躍。然後是一起生活，年輕人會說笑話逗安歐娜開心，安歐娜第一次覺得幸福的滋味，但還是很懷疑背後的用意，於是安歐娜問年輕人：「你為什麼對我這麼好？」年輕人搔搔頭回答：「因為，在這座城市裡，我只認識妳。」「但我並不認識你啊？」安歐娜回答。年輕人頓時有些不好意思起來，他低下頭躊躇了好一會兒才說：「我剛來臺北時，妳是我幼稚園的同班同學。」

驚醒，在圖書館裡的座位上嚇醒——有個男同學撿拾起一本書，正想輕輕放在安歐娜的座位；不知是什麼因緣巧合，安歐娜剛好嚇醒，望著男同學，她有種似曾相識的感覺，臉頰不自覺地飛上紅蝴蝶，趕緊低頭，卻看見男同學撿起的書，是日記，並不是筆記也不是書籍，厚厚的泛黃封面下，如《尤里西斯》小說裡在都柏林的一晝夜，時間順敘法……不同的是，不知道是何人的日記，何人的生活，那些殘破的記憶宛如要對照什麼，很有可能是童話故事，來自於遙遠國度的鄉野奇譚。胡桃鉗娃娃在深夜裡打仗，那個充滿奇異光的國度裡，最後是誰獲勝了，很有可能是老鼠大軍；但為了鼓勵孩子們勇敢生存下去，故事被動了手腳，所以才成就一個完美的結局……

來不及翻閱完，因為前方還有一個俊美的男同學，只是隨手翻翻，注意到最後一行字，「城市總在毀滅後，又歷經無數次的復活。」

不放在心上，趕緊闔上那厚重的日記，安歐娜和她老公的故事即將開始，就在他們閒聊起學校的圖書館藏書時，那本陳舊的日記卻驟然消失。

安歐娜的老公是七〇年代的中南部移民，剛搬到臺北沒多久，他和安歐娜成為幼稚園同班同學；安歐娜跟本不記得那一段，但她老公卻記得很清楚，他說安歐娜的金髮很漂亮，他說安歐娜從來不跟大家一樣，安歐娜勇於作自己，安歐娜是個勇敢的小孩。

故事就從圖書館開始起舞，像是城堡裡的王子公主，沒有人打擾，他們相愛的速度很快，他們的故事裡沒有其他人干擾，沒有壞皇后出現，也沒有大野狼的陷阱，就連安歐娜老公家人在意的髮色和眼珠問題，都在逐漸變形。不知道是什麼時候開始，不清楚歷經多久時間，打從安歐娜和她老公開始交往之後，她容貌上的色彩有了些改變。像是易容術，怕被仇家認出來，還是為了掩蓋全身的殺氣；但在現實的安歐娜身上並沒有殺氣，她有的是種難以讓人接受的寂寥，很孤單的味道像是咖啡不加糖，還濃度極高，讓人睡不著，那夜色深處的寂寞空氣，就這樣總在安歐娜的身邊飄。或許是掩蓋棄嬰的事實，不管是被父母領養，還是在成長過程中被自己的父母淡忘，無論是依據那一種謠言，安歐娜都活得像個棄嬰，為了掩飾曾經難堪的過去，換個樣子或許是最好的方法，畢竟臺北地狹人稠，難免會被熟人遇到。

像是種潛意識激發出來的力量，心理影響生理，就在研究所一畢業完，安歐娜考上心理諮商師之前，她的容貌總算正常一點，全是東方人的色澤，是東方人隱約藏有遙遠異族基因所突變後的線條，但大致上仍是美麗動人，只是比較不像洋娃娃。

「我是為了感激你施捨給我的愛而來……」幸福仿若終於對安歐娜打開大門，安歐娜考上心理諮商師之後，馬上就結婚；她老公當時感動地牽起她的手，直對安歐娜說：「感謝妳的愛，感謝妳因為報恩而來。」從那一刻起，孤單的安歐娜消失，取而代之的是幸福小女人一般的安歐娜。

那是她老公所不知道的故事，另一個安歐娜被隱藏，那個她有時會想起自己的爸媽，她記憶裡的父母親全是金髮藍眼，是什麼時候轉變，如她現在一樣的轉變？全然的深色素沉澱，只留下鼻樑和顴骨的尖銳線條，偶爾還有不熟的人問：「安歐娜，妳是混血兒嗎？」

另一個安歐娜有時候很吵雜，她總是想說話，還想出來透透氣，那時會很混亂，只好讓自己沉睡，慢慢去遺忘；但大多數時間，安歐娜都愛裝忙，用忙碌來遺忘，明明只剩下可以買套房的錢，卻還想把手中房租進帳最賺錢的套房賣掉，想湊錢買豪宅。只想著老公，像是電腦被設定，因為某種無法處理的原因，爬上處理器，安歐娜銷毀了某部分的意識，卻還潛藏在硬碟的未解碼深處；老公是她的人生，還成了買房的動力，努力存錢，努力投資，讓副業更加出色，讓兩人生活更加甜蜜，因為老公常說：「安歐娜，妳是我的唯一。」

安歐娜也逐漸當老公是自己的唯一，當另一個安歐娜又要甦醒時，現實的安歐娜會拚命打壓，如果累了，就選擇睡眠來舒壓；她要在睡眠裡，重新編寫一個只有她和她老公的故事。

03

安歐娜沒跟任何人提起夢裡男子的事情，她當這種現象也有合理的科學解釋，可能是房客的意識還有同事們說起的個案，每天生活累積太多的故事，潛意識的防衛機制，只好將這些故事統稱為神祕事件。

但那不一定是真實的情況，在都市巨獸裡，每一個夢都是養分，有知覺的人在壓迫下，急著想逃跑；而安歐娜夢境裡的男子很可能也想逃跑，從夢裡狠狠逃開，進入到城市的中心，男子繼續刻皮雕，當個稱職的街頭藝人，偶爾享受一下像明星一樣被學生訪問的快樂時光。

安歐娜也想逃，在某個聲音下的夢境，感到自己猶如別人記憶的一小段碎片，那種只能飄浮沒有形體的感覺，很令人感到恐慌。

醫院裡，個案哭哭啼啼，個案的母親歇斯底里，醫院安排讓母親無法插手的諮商環境；但個案的母親卻在門外咆哮，個案渾身發抖，安歐娜知道源頭是外面那個稱為母親的女人，而個案本身的問題，僅只是因為軟弱沒有自控的能力，加上膽小怕事和總是被動的意識。

吵雜聲一時四起，安歐娜整天都在面對聲音，個案說自己有兩個意識，但明明就沒有精神分裂的問題；個案的母親在醫院外吼叫，「妳不讓我進去，我怎麼知道我兒子不會被妳欺負！」又叫又鬧，醫院裡亂哄哄，一次寶貴的諮商時間就要浪費，個案還不知道自己真正的問題；一陣喧囂，個案突然間抱頭痛哭，還躲進桌子底下，沒多久又說自己總是作夢，有另一個自己即將代替現在的自己……個案邊發抖邊對安歐娜說：「這樣會比較好嗎，讓另一個自己來解決這些問題？」

到底是什麼問題，諮商時間結束，個案馬上像變了一個人般，他安撫著前來接他的母親，還說他覺得自己好多了。感到恐懼，安歐娜感覺個案在演戲，是不是想騙母親的關心，他裝作自己有病。之前也有類似的案例，安歐娜碰過一個住在山區，只為了要逛一〇一，便叫來救護車，還掛了號，在安排好門診時間和諮商治療後，那個案總是不見蹤影，每每被父親抓到時，他都在shopping。

感覺到疲累，什麼另一個自己，無非是逃避，無非是騙局，洗完手，拿起包包準備離開醫院，卻還有其他聲音，在一樓的急診室，那尖銳的聲音說道：「我的孩子只是來臺北讀書，怎麼就沒了命。」說話的人是一名南部老婦人，她哭得聲嘶力竭，還悲傷到掉不出眼淚。嗡咿嗡咿，另一個聲音低沉且心酸的，用著不太流利的中文，一名外籍英文教師望著白布下的軀體，緩緩說道：「原——本，我一（以）為可以在這裡定——居，一切都會醒（幸）福下去……」還有一個中年男子跪在冰冷的地板上痛哭，他說他爸爸只是回臺北看看而已，看看這個第二個故鄉是不是還如記憶中，充滿自顧自的任性色調……男子是美國華僑，男子的父親曾在大撤退潮時到臺北住了幾年。男子邊說邊哽咽，那些蘊含複雜情緒的聲音，像是變調的提琴協奏曲，高低婉轉，尖銳中殺出一片寂靜，接著繃緊弦，所有的聲音都在針尖上等墜落到無底深淵的某一刻。

是逃亡，從夢裡逃出荊棘和流刺網，安歐娜夢裡的男子企圖逃跑，不幸走漏風聲被抓到，一名從古至今守在臺北城的幽魂對男子說：「不准逃跑，你已經把自己賣給我了。」男子驚慌地回答：「我現在只想要回家。」

安歐娜彷彿也逃亡過，是在真實的夢境裡，還是在夢境裡的真實，在她意識到夢中可能也真實存在於這座城市的男子，那完美的軀體線條，浪漫的棕色漸層頭髮，還有細長眼睛裡的微笑……安歐娜也想幫助那男子逃跑，只是她不明白男子的家究竟是在哪，還有他為什麼一定要逃？

為什麼？人生太多的為什麼，就像她假裝愛了她老公很多年，但其實就是戴著面具的妖精，自己真正的意圖是什麼？安歐娜或許真的只是想報恩，感謝她老公願意愛她，感謝她老公願意接納她；還是因為一個家的感覺，只是想重新擁有一個家，在那般渴望親密的依偎中，自己的愛是否有殘缺……無止盡的擔憂，一紙合約下，轉眼多年，因為真面目總是必須被隱藏，深怕有人戳破那面具，如果真有那一天——到時候，她也只能像日本故事的鶴在大雪中飛遠。

一切都是信任的問題，是自己先叛變，安歐娜很清楚，假裝在夢境裡對外國男子一見傾心，還推卸責任，說結婚是因為相信命運，藉由日記的牽引，心底聲音的提示，注定要愛上那一回，還要賠上金錢。

不去想老公的所有藉口，她認為她老公沒錯，儘管她老公說：「自故宮回來之後，妳就像假裝沒變般地變動著。」

安歐娜聽不懂，她唯一接收到的詞彙是「故宮」如神秘組織的殺手，她接收了指令，然後開始偵測。一定是那些古怪的聲音，那些骨董盡說些瘋話，說自己怎麼渡海來臺，說自己有多麼坎坷還要在世人面前強顏歡笑。或許就是因為那些陳舊的灰塵，像是毒氣，有可能危害生命，安歐娜感覺自己是不是因為不新鮮的空氣吸了太多，所以產生幻覺。

她看見她老公和女學生笑得很開心，她那個還繼續深造的老公，她那個結婚多年都靠她養的老公，他好像在人前說自己是炒房高手，不用工作就有錢。

轟隆，是心底聲音的火山爆發，安歐娜有一刻是聽不見的，她感覺到自己老公在夏卡爾的畫前變身成怪獸，他吐吐舌頭，他把愛當能量，他還轉頭去吸吮年輕女孩的糖蜜。原來是騙局，在那個奇異的俠女夢境，仇家還沒找到，卻先被怪獸騙去，培養多年的愛情養分，一口被飲盡，接著開始遭嫌棄——這份愛的糖蜜太少，這份愛酸酸澀澀不好入喉，這份愛花太多時間……一句話，「老婆，妳不愛我了，不，更正確一點說，妳從未愛過我。」

安歐娜就是在那時候，感到心底另一個安歐娜復活。

她還記得在那個金髮的安歐娜消失之前，站在學校的教室外，她的指導教授叫住了她。一臉疑惑，然後想起《夢的解析》，安歐娜沒想過逃卻也不想承認自己還沒有看完。先是故意看地上，之後緩緩朝教授的方向走去，假裝嘆氣，接著抬頭露出疲憊的雙眼，安歐娜先對教授說：「我看了，但我還是解釋不了我的第二個怪夢。」

據安歐娜說，那個夢糾纏她很久，正確的發生時間點不清楚，很可能是上大學之後。夢裡的安歐娜在拍賣自己的睡眠，她對夢境裡的圍觀群眾說：「別怕，童叟無欺，我因為不需要睡眠，所以要賣睡覺時間。」一開始有很多人買，他們買光安歐娜的每天睡眠時間，於是安歐娜不再睡覺，沒多久之後，她又開始拍賣枕頭床墊床包組等等，這次一樣是反應熱烈，很快地就銷售一空。回到家，安歐娜望著空盪盪的房間，她突然又想要拍賣掉整個睡覺空間，想以喊標的方示，價高者得標，很多人在臺下觀望，卻許久都沒人喊價；安歐娜很失望，就在她想要結束拍賣會時，一個男子出現，看不見臉，站在最深處的角落，連身型都模糊，但聲音卻是很熟悉，那語氣那頻率那用詞，那男人緩緩說著：「賣給我，多少錢都可以。」

安歐娜明白那只是自己胡謅出來的故事，她的指導教授卻是聽得很認真，他在推推眼鏡之後，像個慈父一般對安歐娜說：「妳的生活壓力怎麼這麼大，莫非是人際關係還是功課出了問題？我必須將這個夢拆解，因為混合著兩件事，第一件事，就是睡覺的拍賣會，那是妳的潛意識希望自己的辛苦會有代價，關於這點，我可以保證，妳所犧牲的時間一定會換到畢業證書，也一定能成為專業的心理諮商師。而關於第二件事，那個看不見臉的男人，夢裡，他說他願意買妳的空間；老師只能提醒妳，小心一點，男生有時候很會花言巧語，偶爾在真情流露之後，也可能轉瞬間變臉。」

莫非是預言，是心底聲音的警告，指導教授的話和自己編的故事全被安歐娜當作是笑話，在點點頭之後，轉身全忘。

那是恐怖的巧合，曾經，她老公也叫安歐娜把那些名貴漂亮的睡衣寢具都拿去拍賣；時間在臺灣房市泡沫化回升之前，因為物價上漲而經歷過一波小低潮，為了自己的開銷，她老公絲毫都沒有遲疑。

也許，那才是真正的開始，在很多年以後，那是安歐娜半睡半醒時所看到的景象，她看見深愛多年的老公，一轉身就不在剛才還暖和的床上；寒風吹，然後是一只皮箱和她老公的背影直站在臺北火車站前，拿著末班車的車票，那無情男人沒有轉身，只是揮揮手對她說：「我拿到，我想要的東西。」

04

最近有同學要回家，有韓國華僑，有馬來西亞，安歐娜恭喜他們學成歸國，卻也在心中開始記憶起飛機的聲音，那些巨大的引擎聲，那些噴射的力量，安歐娜對此畫面不陌生，卻說不出個所以然。

那是她老公離開她世界的第三天，很多人都突然消失，像是說好一般；還好，安歐娜還有工作陪伴，在發現自己老公盜賣名下所有公寓，還捲款坐上末班車離開臺北之後，這世界比想像的還要空虛寂寞，安歐娜含著淚卻拚命感謝，幸好自己還有工作。

怪異的景象接踵而來，熟悉的人全離開，醫院裡有主任跳槽，還有醫生移民，就連護士小姐們也不知什麼原因離職；一批認識許久的人相約走掉，換上的，全是陌生的面孔，彷彿世界歸零，一切重新開始。

手頭上的個案也換新，部分結案部分轉介，新的個案一來就喋喋不休，像是被諮商治療很多次一樣，把自己的故事說完之後，她問安歐娜說：「妳傾聽完了吧，接下來要問我什麼開放式的問句？」安歐娜感覺到莫名的恐懼，就像還有另一個重要的東西即將被拿走，除了老公，除了錢，除了熟悉感，現在是不是連工作的專業也要被拔除，很害怕，感覺自己正在反移情，拚命地深呼吸，想把壞念頭掃去關緊閉；想不到一回神，就被個案將一軍，個案直衝著安歐娜傻笑，還賊賊地笑著說：「諮商師，妳是不是聽了我的故事，還是見了我這個人之後，就對我反移情，這樣是不行的喔，妳應該讓我產生移情，把我的問題逐漸具體化才對。」

安歐娜嚇出一身冷汗，她感覺自己是在同自己說話，個案其實不存在，在九十度角的關係中，旁邊坐的人仍是自己，而身為個案的自己則正在說著另一個讓自己更能了解問題原因的故事。

個案自己對安歐娜說，她老公是有預謀的，在圖書館初見面就是個陷阱，什麼幼稚園同學，她就記得很清楚，她幼稚園同學裡，根本沒有那麼漂亮的小孩，他們都是黝黑還流著兩管鼻涕的小不點，去學校的時候，就只會問同學有沒有任×堂的遊戲機可以玩。不僅如此，她的幼稚園同學跟她一起畢業的沒有幾個，望著那些畢業照，她有一半以上都不認識，據說他們都是剛移民到臺北的居民，他們生活很簡單樸實，他們只想努力打拚，未來的夢想是回故鄉去蓋豪華別墅，想要幾個游泳池就蓋幾個。個案自己頻頻遙想過去，她說自己印象深刻的同學，只有一個浙江第三代的外省小孩，還有一個半江蘇半臺南的混血男孩，他講話的語氣很奇怪，就像老爺爺在廟口演奏南管。

停一停，喝杯茶，個案自己繼續說，說是別問她為什麼要懷疑自己的老公，因為她老公早就和小情人逃跑，那個一號情人據說就是同學，那個鬧到家裡來的二號情人，聽說是學妹；更別提那個有膽外遇沒膽承認的老公，他就只會說：「是她們纏著我，妳以為我願意喔。」但這都還不是讓人最傷心的事情，那個負心男人離開前最後留下的話語，竟然是，「其實故事一直都不是妳想的那樣。」

個案自己說完大哭一場，安歐娜卻覺得流淚的是自己，像是照鏡子一般，一想起剛才那句話，「其實故事一直都不是妳想的那樣。」

「要不然是哪樣！」安歐娜和個案同時怒吼，那是女人最討厭的事情——欺騙。

故事究竟是怎麼樣，安歐娜在眼淚的世界拚命偵查，卻有聲音在偷笑，像是逃離神祕組織的下場，真愛沒找到，任務沒完成，一面被追殺一面還要查探老公和外面狐狸精的消息。故事會不會是雙線的，有人在她讀大學時候就注意到，安歐娜沒有親人照顧，卻偶爾提名牌包；安歐娜明明像是孤兒，卻衣食無缺；安歐娜不住宿舍，她有自己的小套房；安歐娜像個貴族般的交換學生，安歐娜的身世可能都是假造，一切都只是為了保密，她可能是歐洲富商千金或是不知名國家的公主……就是有人盯上了，男子跟自己青梅竹馬的女朋友開始盤算起一切，如何接近安歐娜，如何和她結婚，又該如何拐騙到她的財產；那對不懷好意的貧窮情侶，他們決定犧牲短暫的幸福，只求換得榮華富貴。

於是故事有兩線，一線在安歐娜這邊，一線在外面的正宮那邊，他們是否笑過安歐娜傻，又是否曾經怨嘆過，原來安歐娜都是靠自己，她不是有錢人家的女兒……

揮揮手，像是現實世界的佈景壞了一邊，個案消失不見，雙眼空洞的安歐娜終於要和夢境男子相會。淺棕色頭髮的外國男子對安歐娜說：「放下復仇的心吧，城市總在被我們殺死之後，又快速地被建造。」於是手牽手，就像幼稚園時期的好朋友，他們穿過醫院的佈景城牆，又撞破城市紅綠燈路口的場景道具，他們大步向前，任陽光和星星垂洩而下的光線都成為蝴蝶身上的鱗片——那些美麗的粉狀物，企圖還想讓城市文明的點點滴滴誘惑出他們體內曾經想以此為家的念頭。

但臺北守城的幽魂竟施法，揮動起高架橋的四肢，還以隧道嘴巴朝安歐娜他們怒吼了幾聲，安歐娜瞬間停住了腳步，夢境男子則是回過頭，他跟安歐娜說：「別傻了，妳只有一次生命，但城市總能無限復活。」安歐娜搖搖頭，她望向星星都出來跳舞的藍黑色假夜空，還直看著遠方五顏六色的燈火。夢境男子於是鬆手，帶著乾癟的行李坐上飛機，朝未知的世界前進時，卻突然茫然失措，像是喪失意識；地面上的安歐娜則看見守城的幽魂剛利用雲朵網住了一個迷路的靈魂，張開黑暗深淵的大口，一口吞下，露出美味的模樣。

故事很可能在國境之外，那時有人和她老公睡過安歐娜的床，也有人和安歐娜睡過遙遠記憶國度裡的一張木頭小床……「拍賣我的睡眠，我已經有兩個自己，兩個自己都不需要睡眠，反正睡完，一覺醒來還是被騙……拍賣我的一切，有沒有人想要買我的房間，我不需要那間有著那可惡男人回憶的房間，是否有人願意出個價……拍賣，跳樓大拍賣，我想要賣房子，我想要離開，因為最近有人跟我說，我的家是在北方，我是臺灣人口中的外國人，我本就是金髮碧眼……」

胡言亂語的夢境，安歐娜一覺醒來，原來，自從她老公丟下離婚協議書還捲款逃跑之後，她就沒有去上班。一直在睡覺，她的夢境裡有尋仇的戲碼，也有尋父母的片段，更有自己女變男男變女的詭異畫面，劇情實在太複雜，她頓時感覺到喘不過氣來；在那座名叫安歐娜的迷宮裡，有許多聲音正發出令人聽不懂的話語，它們一直追著安歐娜，還有一幕幕的場景飛來，砰一聲碎滿地，有冰天雪地的冬天，有穿著圍裙包頭巾出來打水的胖胖老奶奶，有表演馬戲團的父親，一個高空翻轉動作後，還有期盼畫廊欣賞的畫家母親，那是很美的一幅畫，名叫做「回家」的夕陽風景畫——但據說那地方的冬天，白天很短，夕陽根本不會出現。

　　夢裡就是沒有安歐娜的老公，她明明就記得，在睡覺前，她還仔細思索，老公外面的女人究竟是誰？是同事，還是同學，是青梅竹馬，或是一見鍾情，她有沒有和那女人見過面，會不會是之前一起吃過飯的，那個什麼老公的表妹，真的是表妹嗎？他們是否曾在桌下有什麼互動，還邊欣賞陽明山的杜鵑邊眉目傳情？他們身上相似的那些，有同是漁村來的海味，有不知怎麼就是無法融入這城市的焦慮表情，還有不自在的僵硬，以及異於這城市文明的腔調，儘管臺北的表情是多麼豐富多元充滿著各種文化；但她老公，和她結婚多年的老公，他一定是偽裝成自己的幼稚園同學刻意接近，要不然怎麼來了臺北這麼多年還是不習慣這都市的氣味。

但那已經不重要了，安歐娜醒來之後，就像妖精變身一般，像是輪迴之後重生，安歐娜待在自己讀書時的套房，門鈴忽然響，站在門口，是突然回來的母親，她的染髮劑已經開始褪色，頭頂上的金髮，耳朵下面參差不齊的紅髮、咖啡色斑，還有隱約藏在耳後的黑色色塊。

安歐娜不知道該說些什麼，母親就先嚎啕大哭，她對安歐娜說：「我被人家騙走了積蓄，對方說要幫我出畫冊還要開畫展，我一時大意，我一時沒注意，都怪我離開故鄉太久，忘了老祖母的叮嚀，忘了城市的險惡，忘了都市幽魂一直增建出來的文明，好的壞的都有；連同那些破壞環境的科技和與日俱增的騙術，我就是貪心，我不怪那個人，我只是想要回家而已……」

叮咚叮咚，門鈴又響起，這次安歐娜倒是嚇了一大跳，外面站著的是十幾年沒見面的父親，一身潮T牛仔褲，神情卻相當落寞，父親的臺語已講得很流利，甚至還忘記自己的母語，就和安歐娜一樣，在那個遙遠的雪地裡，心底聲音偶爾還會想起呼應的鈴聲，馴鹿的鈴鐺輕輕響起，安歐娜根本不知道母語的文法結構，她只能用心去感應。

父親的頭髮全然灰白，沒有以前的金色，也沒有染過的棕黑色痕跡，像是一種暗號，時間真的到了，回家的時刻出現，很多事瞬間變成必然。父親說自己賺錢都有定時寄回老家；但最近卻多年沒有收到安歐娜祖母的信件，他忽然感到恐懼和巨大的悲傷籠罩，還直對安歐娜說：「我生活的意義究竟是在哪？」

安歐娜為此感到疑惑，她記憶裡的父母親和相片裡的父母親截然不同，一邊是外國人一邊是在地的臺北人，有關於自己的身世，到底哪一個才是真的？

以為又是要來騙錢，安歐娜覺得外面的世界到處充斥著和自己老公一樣的騙子，一切可能是這座城市的夢，處處都是陷阱，它想吸光所有人的夢想直到那些人都沒有用為止，扔掉舊的居民，新的民眾又會移入，支撐都市營養的夢不會枯竭，源源不斷的人口湧入中；安歐娜的內心直覺，以為是心中對於父母的夢就要被都市給吸走，安歐娜只好對久未見面的父母下逐客令。選擇什麼都不解釋，父親連聲用國罵問候，還吐檳榔汁在公共場所，母親則嚷著要跳樓，說這座城市是吃人的野獸，把她乖巧的女兒吃掉卻還複製一個殘忍的女兒在這裡對她施暴。

不知道是真實發生過的事情，還是大學以來的那些亂七八糟夢境，但在安歐娜內心深處，她記得父親曾跟她說：「她時常想起的歌謠，就是她祖母最愛唱的家鄉曲調。」

彷彿沒有經歷過骨肉重逢，也沒有結過婚，這城市的真實有時候像夢，一秒鐘就會改變方才還是真實的景象，讓真的瞬間變成虛假，如一幕幕的幻影不斷地複製和重編……也許夢境男子的片段才是最真實的部分，一個關於回家的故事。

安歐娜心想。

已經浪費三十幾年虛假的人生，安歐娜突然很想回家，很想知道家在哪，安歐娜決定出發去花蓮找父親。站在臺北火車站等末班車，奇怪的事卻發生，一輛蒸氣火車前來，月臺上的站長望了一眼安歐娜（那是他沒看過的金髮耀眼），有點愣住卻旋即就恢復專業的服務禮貌，站長對安歐娜說：「這是妳拍賣完某某新村之後的報酬，一張車票，只要搭上這班車便可以回到多年前，家族歷史重新開始……」

安歐娜猶疑了，望著破敗凌亂在這座城市裡的前半生，在仇視背後，她真的能狠下心來忘記這個儼然成為第二故鄉的臺北？嗚嗚，一九四九年大撤退時期的火車聲響起，安歐娜逐漸看不見自己。

咕咕鳥事件簿

無殼蝸牛篇

01

一八八二年臺北建城，城門共有五個，皆由石材奠基，有閩式的城門磚瓦，還有大稻埕所產的石灰，聚落於是更為興盛。

九〇年代離開臺北火車站，坐上公車，下車後，不遠處有一隻黑色的魚在魚缸裡游來游去，頭上有個窟窿，窟窿有白色一點，剛吃完日本料理店的男孩走過來——那手長腳長的孩子，旁邊一位中年男子穿著駝色短大衣，大衣的長度卻老是飄在那尷尬的位置，那是膝蓋的上方，身材遠遠看有些矮小，彷彿沒有人在衣服裡，那些伸出衣袖的手掌和露臉一絲絲的頸子，宛如裝飾品，像是插了花的花瓶——黑色的西裝褲和莫名延伸長度的短大衣。

男孩直盯著碗缽狀的魚缸，薄透的玻璃，透過水族店的玻璃窗，男孩像是近視，忽然間就戴起了眼鏡來，那些光影如看不清楚的蟲子，用跳的方式，牠們來回曲折於玻璃之間，有些古怪的光影（那些調皮的蟲子）輕輕一飛；以男孩身旁的中年男子高度望過去，就像是男孩戴了眼鏡，在玻璃窗內的另一個男孩，他沒有窗外的男孩優秀，他才九歲就戴眼鏡。

以為是眼花，中年男子心一怔，他站在眼前不遠處的水族店前，卻像一隻鳥的眼界，拍拍翅膀，他喃喃地對自己說：「這魚缸裡的景色還真美，尤其是我的兒子，他那體態和舉止，絲毫聞不出一點點庸俗的氣味。」啪答，啪答，那個叫郭寬豪的中年男子，他的翅膀拍動的頻率正和頭頂上不遠處，紅綠燈上一隻綠色小鳥一樣，只是那隻鳥的腳沒有騰空，牠還依在紅綠燈上，像個等綠燈的行人。

「爸爸，我要買那隻魚。」離開玻璃窗上光影的魔術，眨了眨乾澀的雙眼，小男孩轉過來露出清澈的大眼睛對郭寬豪說著。

也許是耳朵剛被老闆疲勞轟炸完，還沒恢復正常的靈敏度，那小孩的聲音明明響亮地連對街都聽得見，儘管街上到處都是汽車的喇叭聲，還有駕駛人的咒罵聲，但此刻這座城市的吵鬧聲音都變成了蜂鳴器的聲音；如聽不見，更正確一點說來是模糊，整座臺北彷彿在雲朵下方，佈滿水氣的自然現象，郭寬豪想必是忘了歇一歇翅膀揮舞的動作，直是向上，離地面越來越遠，一回頭卻仍看得見那隻停在紅綠燈上暫停所有動作，除了不停揮翅以外的綠色小鳥。

目光仍注視在水族店前，是那隻黑色頭頂上有白色斑點的小魚，還是水族店外的九歲男孩？光影似乎是越來越頑劣，郭寬豪想起自己才剛看過眼科，是同事介紹的，因為飛蚊症的關係。不是飛蚊症，是壓力，還有幻覺的問題……醫生斬釘截鐵說明。郭寬豪搖搖頭，他心想醫生是不是也壓力大到該去看精神科，自己不過是因為眼睛疲勞而已，哪有什麼壓力，他的薪水夠繳房租，更何況房東是自己的丈母娘和老丈人，而且只不過是承租了一間公寓裡的一小間套房，哪需要什麼錢，不過就是再補貼些褓母費，反正都是自己人不會太計較的。

水族箱裡的魚兒們不安分，一圈圈的氣泡還有水草被攪動，水流加速，景觀開始混濁，郭寬豪眨眨眼，他懷疑自己是否有白內障；嗡嗡嗚嗡的聲音，然後尖銳的一陣聲響，爬到最頂端後落下，由耳邊墜入耳道中，刺耳的嗶一長聲，是警示還是催促的聲音？彷彿有人正在跟他說：「岳父家要都市更新，大家都要搬離，一下子沒有了家和房子，有關於贍養費，是一次付清還是月付，小孩的教養費，未來的房租費，一個人生活費用……」「等等！」郭寬豪忍不住大吼，那不似他的個性，他趕緊閉上嘴巴，還用手摀住，一連串奇怪的念頭閃過：自己結婚了嗎？如果沒有結婚，那為什麼會有小孩和岳父母？如果有結婚，那自己為什麼還要回到一個人生活？莫非是，有人要跟我離婚？那簽字了嗎，對方有什麼條件，孩子要歸誰？孩子——不行，孩子是我的，我不能把他交給別人。

他是我的，是我的，但我又是誰的……有人在郭寬豪的四周說話，但那幾乎是不可能，他所處的位置在臺北城的上空，沒有一〇一和他面對面，也不在飛機的航線內，更沒有鳥隻經過；彷若是一連串的不可能，郭寬豪曾經要買房子，在數字只知道往上飆升的年代，一坪三十幾萬的房子，一間要七百萬的小公寓，還不包括裝潢費以及停車位的錢。那個四叔說什麼要算他便宜一點，他眨眨困惑的眼，他連買房子的錢都沒有，怎麼可能還有什麼裝潢費？那是更詭異的記憶，好像是有人誤植入的檔案，誰是四叔，郭寬豪的爸爸是獨生子，他哪有什麼四叔……

買房子不可能，買車不可能，他只有一臺一二五摩托車，什麼都是不可能，有人在郭寬豪的耳邊說著；猶如更早之前，那些鄰居們的話語，有關於郭寬豪，他是誰，還有那些眾多的不可能……在大排邊老人家說，在小溪旁洗衣服的女工們說，在廟前的廣場親戚們說。究竟他們說什麼，郭寬豪聽不清楚，那大概是先天的障礙，偶爾聽力模糊，還導致記憶力不好，腦袋總是無法運作太多的思考，沒有辦法專注，在吵雜的時刻；所以有關於別人的話語甚至任何聲音，郭寬豪總是記不清，在他的回憶裡，他只記得很安靜的片段，包括郭家祖母安靜的縫衣時光，總在下午時分，像是一針針把溫暖的陽光縫進衣服裡一樣，很小心也很小聲，動作相當輕柔，噓，沒有人敢吵鬧，深怕一有動靜，太陽就會逃跑。

接過補好的衣服，郭寬豪甩一甩然後給衣服一個擁抱，他祖母卻直衝著他傻笑，他能擁抱嗎？只聽見祖母對他說：「阿豪，我的乖阿豪，你父親天天都有去拜拜，你一定能長命百歲。」

都是閒言閒語，那些話語郭寬豪記不清，就像某些零碎的畫面，他趴在什麼地方，是屋頂上，也許是為了撿球，還是曬曬太陽，那屋子裡的霉味還有蜘蛛絲，郭寬豪依稀記得，鄰居的阿招阿嬤說：「是蜘蛛精還有白骨精，廟口都有演，歌仔戲還有布袋戲都有講，阿英啊，你要注意你先生。」郭寬豪搖晃鎮日昏沉沉的腦袋，「阿招阿嬤在跟誰說話，是在跟阿母說話嗎？她們在說什麼，難道是阿爸要去演西遊記，要被蜘蛛精還有白骨精欺負去？」

沒有去拜拜，郭寬豪記得很清楚，沒有任何聲音，他阿爸從臺北做生意回來之後，他從他那據說沒有禮物的行李箱拿出了一包包東西，那是高級絲襪還有小罐香水；什麼聲音都沒有，空氣裡香噴噴，那氣味有陌生的味道，還有隱約一點點菊花香，那是很清新的味道，小分子隨光影在半垧角厝半紅磚屋半二樓高建築物裡迴繞，許久才飄上天空，翻翻屋瓦。

是空氣污染，郭寬豪感覺自己的視力越來越模糊，一想起孩子，他趕緊降落，落在男孩問他可不可以買魚的下一秒鐘。以一種潛意識的反應，郭寬豪對男孩說：「不能買魚，你轉過來，看看天空——」郭寬豪黝黑的手轉動，指向前方紅綠燈號誌上的小鳥，然後繼續說：「那隻鳥已經盯上這條魚了，牠逃不出去的，只要牠一離開水族店，那隻鳥一定會向牠進攻。」

拽著男孩的手，郭寬豪變得緊張兮兮，心裡盡是嘀咕著，「不能讓別人搶走這孩子，不能讓別人搶走我的孩子，絕不能夠……」

02

一九五五年，由基隆港上岸，進入一個生活安定的都市，很多人說這裡可以讓小孩受到良好的教育，當時，有人立即就在臺北定居。

彷彿已經走回家，孩子早讓岳父岳母帶出去玩，沒有所謂結婚的記憶，自己是在哪裡拍的婚紗照，是在老家，還是臺北？當時穿著什麼顏色的西裝，當時有沒有數位婚紗照，結婚照有多大？有沒有最近才想通，預備進入愛情墳墓的同事李建宏他拍的那麼大，足足有一層樓高，根本就拿不回家。

總覺得醒來時，是一個人的彷彿沒有家，除了他對自己孩子的記憶，那是家的感覺，那是從他個體分割出去的東西，卻彷彿不帶有他的基因，兩父子就是長得不一樣，一個個頭看起來以後一定會健壯，一個卻早已營養不良；一個看上去清秀惹人愛，一個卻注定沒人緣還要提防不要被當成公車色狼；一個眼睛活像是裝載全世界的驚喜，那像是精靈般的水靈，沒有人不為此著迷，所有人都預約他當來世的夫妻，當今生的女婿；但另一個，被稱為父親的那一個，眼睛細小彷彿張不開的模樣，時常都有眼屎攀在昨日的疲憊上，天天宿醉狀的小紅眼，無神空洞的像是無底深淵，沒有風，證明沒有出口，那是人人都害怕的雙眼，他的心裡想些什麼無法臆測，十分駭人。

但終究是來自於同一個基因載體，只是改了排列順序，不像郭寬豪和他那鄰居議論紛紛的父親，他們是同一個模樣，頭大嘴大，眼小鼻塌，彷彿看不見天空的茫然神情，只能躲在暗處——他父親或許有賭博，鄰居們曾經謠傳：在那每星期北上的兩天時光，窩在美髮店林立的市區，在那到處充滿商機的臺北，在那觀光客絡繹不絕的臺北，有人說郭寬豪的父親在那搭上美髮小妹，有人說郭寬豪的父親鎮日在地下賭場留連；至於生意，他只是去收帳而已，郭家組裝裁縫機，郭寬豪的父親則是前手收錢後手給別人家養妻女。踩著過時的木屐，郭寬豪的父親還喜歡跟歸國觀光的華僑們臭屁，說自己是某某公司的老闆，他曾經受過日本公司的訓練，還曾去日本留學……大家都叫他郭董、郭老師，那些住在臺北的生意人，那些來臺北觀光緬懷昔日的過客，他們都說郭老師生不逢時，他們都為郭老師惋惜，有人還主動給他多簽幾筆生意，那一刻，望著合約上的簽名，郭寬豪的父親還真以為自己是白手起家，成就大事業的有為青年。

郭寬豪想起從前鄰居的話語，心中不免懷疑：或許鄰居都有祖母的毛病，他們的記憶混亂，他們以為昨天是今天，今日又是過去的幽靈……郭寬豪依稀記得母親曾說過，他父親的家族也受過日本人統治，他父親說日語說浙江老家的話語，後來也說臺語，腔調也幾乎和南部人相近，但只要細細聽，就能聽出其中的差異。當時，年幼的郭寬豪邊喝中藥，邊不解地看著眼前時常蓬頭垢面的女子，還不時聽著她那身後不遠處的小型機械叩隆聲。他母親愣了一會兒，才像回過神來，說自己是在胡說，卻又偷偷跟郭寬豪講，那像沾上針車油的浮腫咖啡色眼簾半垂，那神情像是對著空氣的某種物質傾訴：「你祖母是後來的，據說原本的生了病，當時留在大陳島。」

不了解自己父親的家世，也不曉得自己父親的經歷，只知道郭家老家原本不在屏東；郭家一直是吵雜的家庭，郭家祖父很早就過世，郭寬豪的母親總是不發一語，門前卻不乏關心人士，有遠房的表哥堂哥，有他伯公那邊的叔伯阿姨……郭寬豪流著兩管鼻涕，在他年幼時的記憶，就只有自己身上的鼻涕味混合著他母親不在時的香水味。

可能真是生病引起的後遺症，郭寬豪可能生在臺北，長在臺北，和一群自稱是和祖父同鄉的人住在一塊——從一個島到另一個島，郭寬豪的父親認為那是基因使然，是流浪的因子作祟，他們才會離開？到底是從哪裡離開？年幼的郭寬豪趴在粗硬雜草裡，望附近的竹林，數一個個防空壕後，驚訝於爬上大腿的螞蝗之時，有人跟年幼的郭寬豪說：那裡就是臺北，那裡是五和新村附近。

但那是不可能的事情，郭家祖母以確切的語氣說明，郭寬豪——那個出生就被醫生宣判活不過五歲的郭寬豪，他時常發燒根本不可能走來走去，更何況是爬上爬下，還爬進了臺北城裡。對此，郭寬豪認定是他祖母記錯了，老人家嘛，張冠李戴的情形很普遍，更何況是長年生活在他們那個充滿傳說和奇怪故事的村落。因此他並不以為意，全當作都是他祖母的舊印象，據說他祖母曾一覺醒來，看見了恐怖景象，溪裡到處是紅色的血水，一個個倒臥的屍體，蜷曲著屍身，是往生前被推落，那些異族人士因為不明原因，郭家祖母尖叫著：「是日本人，是日本人。」但或許不是，如某一個夜晚突然飄落的花雨，有茶的味道，有菸草的味道，有許多人的血腥味，有做的沒做的，全關在一塊兒，然後消失，那是另一個世界，突然沉寂下來的世界，無人說話，不能說話，全縮在一團又一團的世界；像是有賊偷走了人們最寶貴的東西，一時之間，刺激太大，城市和鄉村，山上和海邊，無一處的人不發狂，然後在歇斯底里下靜默，成為一座座的雕像。

是下咒，透過一則恐怖的故事，因為據說郭寬豪的祖父並沒有經歷那些，他祖父當年是風光撤退來臺，在臺北待沒幾年，就因為對旗津的香蕉傳說產生莫大的好奇，郭家祖父放棄了漁夫的個性，他南下到農村，跟許多同鄉住在一塊兒。或許是香蕉法術引起的幻覺……郭寬豪絲毫都不覺得香蕉有何好稀奇，他直覺一切都是跟他祖母同樣的問題。全是腦袋瓜裡的意識運作，無關乎真實看見，有沒有溪裡的屍體，或許是哪一個可憐人的失足，或是遠方上游飄來的不明浮木；總而言之，是鄉野傳奇干擾了郭家祖母的視聽，因為某種恐懼所引發的聯結，當故事和耳邊的話語掛勾在一塊，如同真實看見，沒有翅膀的人會飛到天空，看見急駛而過的戰鬥機，還有南下的灰面鵟鷹，都不是真的，幻術總會有啟動指令和解除指令……不明原因，不知何時，郭家祖母才從自己的幻境裡醒來，那時郭寬豪剛上六年級，是個活蹦亂跳的健康孩子，只是稍嫌矮小，可能是基因遺傳。

真有鳥叫聲，當郭家祖母說起他們那一家的故事時，說有些訊息像鳥鳴傳來，翅膀揮了揮，就要大家撤退，說未來會更美好……下一秒，他祖母就學起他祖父說：「完全無法接受，這裡的美好曾是我們在前線力抗敵軍所換來的世界。」每每聽完，童年時的郭寬豪總是愛躲在他祖母看不見的地方偷笑，就活像隻鳥自由自在，總不願讓人發現，他曾在那些撤退的故事裡悄悄說著：「把希望帶到臺北，你們曾以為的仙境……莫非又是咒語的因素，一轉眼，你們想家，你們想故鄉，還是望著臺北城裡的小山丘有感，一樣的多雨和丘陵間的氣味……」郭寬豪在集體潛意識的影響下，帶著戰爭的記憶，潛伏著某種畏懼和流浪的基因，郭寬豪一心臣服在他祖父上岸的那座城市——臺北。

他要在那神奇之地遇見奇蹟，就像漁夫出海捕魚遇見仙境那般；到時，他不求自己的容貌改變，因為他早已習慣，那些粗糙的皮膚，不對稱的耳朵，歪斜的塌鼻子和時常紅紅的小眼睛，如漁夫被海洋折磨過的模樣，他真的早已習慣，這一生注定得用一百五十八公分的角度看世界。那他還求什麼呢？郭寬豪仍像年幼時那般偷笑，他如果遇見奇蹟，他要向上天請求：「請給我一個兒子，一個俊秀高挑身材的兒子，他要有天使一般讓人幸福的笑臉，還要有水汪大眼睛和細緻的肌膚紋理；我真的要求不多，我只要一個兒子，一個繼承人，一個除了擁有我的基因優點之外，還要比我更加英俊挺拔聰慧機伶的兒子。」

這是一切的開端，是咒語的影響，如吹笛人的笛聲，郭寬豪聽了，直直嚮往著朝夢境前進。城市、奇蹟、天使般的孩子，咒語總有一天會被解除，郭寬豪心知這一點，於是他暗自對自己說，彷彿在跟宇宙許願一樣，郭寬豪對自己內心深處說著：「給我十年時光就好，讓我的孩子可以順利成長，十年之後，孩子會獨立生活，帶著家族的生命和未來的希望。」

那像是天生缺乏自信心的緣故，郭寬豪在下意識裡，仍舊沒忘記自己的缺陷，因為自卑，所以連要求願望都顯得卑微，不敢奢望愛情、婚姻、家庭；他只想要人工受孕，他要個試管嬰兒，他要醫生篩檢出健康完善的基因，然後植入一個像仙女一般的女子體內。

答答滴答，笛子的聲音響起。

某個時常坐在廟前說是會算命的拉二胡老人，咿咿喔咿，那老人也曾顯現奇蹟，老人拉了二胡兩下，喘口氣，撥開灰白白的鬍鬚對郭寬豪說：「你一定會有出息，你並不像你父親，神明都保佑你怪病痊癒，你一定會有福氣，你一定會找到自己的前途，別忘記，神明一直在保佑你。」

當年，郭寬豪似懂非懂，他當時國中一年級，他想到外地去考五專，他想到臺北念書，他想的太多，眼前的夕陽就要落下，郭寬豪默默地走回家，對於那些來來去去的話語，郭寬豪再次認為：他們都瘋了，都被下咒了，我又沒有得過怪病，我一直都生長在不健全的家庭，還在瘋子一般的村莊長大，這樣的我怎麼可能有福氣……

03

被下咒的，其實還有關於城市的文明，在七〇年代的臺北山腳下，郭寬豪祖父他們的故事逐漸被遺忘，就像上岸後，丟棄了從家鄉帶出來的棉被和茶壺，那些還飄著過去氣味的廢棄品，就那樣寂靜地待在臺北城裡的某一角，長出像山櫻花的植物。

帶著融合的血液，遙遠大陳村的基因記憶還有祖母原住民的集體意識，以及母親吃苦耐勞的精神，在那樣村莊故事裡的郭寬豪曾經在故鄉創業。當時，郭寬豪開了間小小的計程車行，在他從外島當兵回來沒多久，在總瀰漫著黃昏氣味的村莊中，開了第一家計程車行。

不時地推著眼鏡，他不知道自己何時近視，有關於記憶，他說：都是因為常常摔倒，所以記憶力不好。

墊高椅背，到鄰近的鄉鎮兜兜，偶爾到附近火車站排班，那些不是每班車都會停靠的小車站；學生最多，老人家最多，大家都很窮，每個人都想跟他殺價。錢於是越賠越多，最後他母親在他祖母闔眼之後，賣掉祖產，拿著分到的田地還有祖厝，郭寬豪的母親就此搬去跟郭寬豪的阿姨同住，而郭寬豪則帶著所有的財產北上，那是一場實驗的開始。

就像股市交易，每三四年會有些波動，每十年會有一次大變化；也許都怪郭寬豪一家倒楣的咒語還沒被解除，又或許少了個人去跟他說說未來的方向和對人生的規劃。

彷彿咒語又將啟動。

第一次啟動，就像郭家那某年突然醒來的祖母，在過世前幾天醒來，她不再說些郭寬豪聽不懂的曾經，什麼有人偷東西，什麼藝術品，還有郭寬豪的怪病……或許是有人跟郭家祖母說話，像聊天中無意解開咒語，是魔法師的咒語，魔術師的催眠把戲，只是聊一聊當時的生活。郭寬豪的父親在郭寬豪十六歲時，就跟外面的女人離家出走到臺北，什麼都沒留下，只有一只缺角的香水瓶，裡面是空的，卻仍有香氣，郭寬豪就是從那裡記憶起自己父親，還有他那些不太認識的阿姨、小媽之類的，那一個個叫著小鳳、安娜的女子。後來郭寬豪的父親怎麼樣，郭寬豪再也不知道，關於他父親究竟是跟誰離家出走，郭寬豪沒聽說，唯一的印象，或許是跟那個喜愛清新淡香水，基調有著薄荷味道的女人，那是他父親第十三個擁有小香水瓶的情人，她或許是叫阿婷，也可能是什麼玉的……關於家族的記憶痕跡，郭寬豪永遠像壞掉的錄音機，始終都無法錄下任何往昔。

曾經，鄰居總是指指點點，談論的是關於血液的問題，還有郭家遺留在臺北的記憶。持續指指點點，在那許多年後，一直無法間斷，從郭寬豪的父親上臺北，之後返家，最後拋妻棄子……他們說的語言，郭寬豪逐漸無法了解，就像某種原住民語，再看看他居住的地方——郭寬豪認定是遺失的平埔族語言。謠言到處飛，從廟裡飛進家門口，郭家祖母不只一次對他說：「是因為狩獵，你祖父不顧禁令打獵，直跟著一隻梅花鹿，他迷失在盆地裡的竹林，在群山圍繞的地方，他受傷回家，手裡還拿著一對大鹿角，他說這是寶貝，可以換到很多東西。」他祖母驚慌的眼神就像是村莊裡大半都是跟人租屋的那些鄰居，他們跟這附近最有錢的吳家人租房子，最怕是一個意外，吳家人又在臺北或在國外賠了錢，那個打從大加蚋堡時期就來到臺灣的吳家人，他們習慣在港口做生意，然後在各縣城買地。

郭家祖母沒來由地驚慌，就像那些突然半夜就被銀行封屋的鄰居，什麼時候房東換人作了，王奶奶的臉一陣驚恐，還吵著要去找擔任村長的吳家子孫，詢問究竟是怎麼一回事。但那不是新聞，據說郭寬豪還在生病的那個時期，那種半夜被新房東趕出去的戲碼，早就時常上演。至於是誰賣了地賣了屋，沒人承認，村長阿嬤仍是一臉和藹可親地到處去收房租，還會頻頻關心房客，有沒有屋瓦要修。房客們個個面面相覷，不知道下一個流離失所的會是誰，只好提早打包行李，入夜後就守在這黑土紅瓦石灰抹牆的舊房子，連茅坑壞了，也沒心情修理。不只是紅磚閩式建築，就連住在水泥屋的鄰居們也在發抖，還記得幾年前有人按時繳房租，卻被新房東用挖土機來掘，當場那個楊伯母嚇得心臟病發，所有家當都變成挖土機下的一團垃圾，噔噔噔，垃圾車響著音樂聲，隨後就來收。

郭家祖厝是郭家祖母的嫁妝，郭家祖母從來不是無殼蝸牛，但她就是常常顯得驚慌失措，她不僅會對郭寬豪說些他祖父打獵的事情，她還對郭寬豪說：「有人誣賴你祖父偷一件藝術品，不知道是從那裡偷的，有人還說，是從天上偷的，代價就是，世代子孫容貌不好看，身材短小，好離天空遠一點，再也不能去天上盜寶。」

郭寬豪搖搖頭，這聽起來就很荒唐，宛如他的夢境一樣，在幼時的夢境，是他或是他父親和一名美麗的女子，他們像藤蔓一般地交纏在一起；後來成真了，郭寬豪帶著所有的家當到臺北城進行人生實驗時，他認識了一名像仙女的女子，他們當時是否有像藤蔓般纏繞，然後開花，彼此交疊在一起……郭寬豪一想起來就覺得自己有病，哪個女子會願意和他在一起。

第二次啟動，郭寬豪揹起了家當來臺北，他邊工作邊讀書，重新去讀五專，才一畢業，就急著賺大錢給自己花，給自己未來的孩子花；穿著喇叭褲花襯衫，掩飾衣服裡的另一個世界，那裡只有矮小的風景，粗鄙的言語，還有農村飄來的氣味。任意丟下東西，他身體的基因從另一個故鄉帶來的氣味，旋即在臺北城落腳之後，在他去看陽明山櫻花開時，他將過去的故事遺落在城市的文明裡，就連他自己也丟下——瞬間城市開滿花，是有螢光色的杜鵑。

開始進行人生實驗，和孩子有關，如同作不完的夢境，又像是和郭家祖母患上一樣的毛病，也許曾經有人揹著行囊，像是走江湖的流浪人，他對全村都施上一種效力很長的咒語，目的為何？即有可能是為了鄰居謠傳郭家祖父所擁有的稀世珍寶，一個天上人間僅有唯一的珍貴藝術品。

是失憶，是睡眠障礙，是精神疾病，郭寬豪默默地一個人去看病；像是聽到風聲，烏鴉們都在叫，還有一種奇怪的聲音出現，咕咕——咕咕，不是鴿子也不是野雞家禽，那聲音低沉還帶有氣音。醫生搖搖頭，說是怕被邊緣化的病症發作……郭寬豪聽不懂，在他混雜的基因裡，那些浙江話、原住民語、平埔族的歌謠、臺語的諺語，它們在吵架，如同幼時，他導師跟他說一定要說國語，誰知道自己總是不小心就說出臺語，一次就是五角錢，郭寬豪掛著「我愛說國語」的牌子繼續說著混亂的言語。

中了咒語，所以喪失自己的意識，宛如丟失重要物品的流浪者，站在三十年前的新店，那裡曾是邊城……各種人都有，製鞋的討飯的，郭寬豪就是不知道自己該做什麼。

邊城風光，那可能就是關鍵，是郭寬豪全村民都中了咒語的關鍵性一晚，咕咕聲大作，原本郭寬豪聽不清楚的那些話語，軟呢語調、山東腔、福佬客的閩南話、更遠地方的語言，瞬間都清楚了起來，大家都像講著國語，或是約定成俗的臺語；就在那一陣咕咕聲後，郭寬豪老家全村的村民他們有的連夜搬家，像是跟了賣藥的郎中跑了。而留下來的人，全都因此對上岸後第一座落腳的城市——美麗的臺北城有了不一樣的情感。

沒有人會再想起差一點血流成河的舊臺北，那個瞬間空城的臺北。就如郭家祖母的幻覺，她眼中以為見到的屍橫遍野，什麼日本軍還有外省人和本省人，那都是新聞畫面，是舊臺北城在一九四七年的暴力流血事件。郭家祖母他們的懼怕因為咒語而瓦解，他們不再畏懼城市會突然反撲，吸光他們第二個家鄉的所有血液，他們不再因為丟棄家鄉的愧疚而對來臺的第一座城市產生近鄉情怯；關於總督府和後來總統府，他們已經不再恐懼，他們都鼓勵子女到臺北謀永久的幸福。

但那下咒者呢，他後來去了哪？郭寬豪壓根子就不相信他祖父擁有稀世奇寶，他只是有點在意，鄰居們說的「長相是種懲罰」……如果真讓那流浪漢給偷去，那是不是意味著詛咒就要消除，但終能消除嗎？

如果真會消除，他自己又為什麼站在臺北的街頭，抬頭仰望即將熄燈的社區？郭寬豪想起從前，那是多麼久的故事，也許真有個流浪漢來家裡偷錢，還偷在全村的水井裡下安眠藥，各家都有損失，又不是只有自己家；也許那稀有珍物也真的被盜去了，但那都是傳說，關於那藝術品，是幅畫還是墨寶，是奇玉還是人工雕鑿，是陶塑品還是瓷器，是精湛的手工藝品還是絕美的自然生成物？

沒有人知道，那宛如負氣決心整一整村民的流浪漢，沒人跟他買藥，沒人聽他說故事，沒人想看他雜耍，沒人想知道一個人的馬戲團會有什麼節目；這或許才是真正的原因，在那個封閉的農村裡，除了幾十年前的一次大遷徙，村裡的人再也不想變動，農村就是他們落腳的地方，他們對外界毫不感興趣。風一吹，還有人竊竊私語：「小心，外面的世界很危險，一不注意就要掉腦袋。」

因為沒賺到錢，像個流浪漢的老江湖，他就是越想越不甘心，有人說他在井裡下藥，有人說他吹起魔音，有人說那是法術，而郭寬豪則認為那是咒語；各家都有骨董遺失，也有的是傳家之寶，那些玉鐲、珍珠項鍊、作工精細的旗袍、黃金項鍊、新舊臺幣等等。

那一夜究竟是遭小偷，還是被報復，沒有人能理解，只記得在廟口前，大家聊著布袋戲，還有人在唱唸歌曲調，沒多久大家紛紛睡去，就在那咕咕聲之後。

也許真是咒語，但卻是在更早之前，在上岸後踏上的第一個都市，也許那些遷徙的人，他們丟下行李，切斷故鄉的聯繫，都是為了跟臺北城換一個承諾——他們一定會再重回臺北，到時候他們會生活無虞，然後衣錦還鄉。咕咕，彷彿是警報器大響，至此之後，很多人都上了臺北，包括郭寬豪祖父鄰居的孩子——什麼四叔之類的和郭寬豪的鄰居們，他們有的當上公務人員，有的當老師，有的在高樓上班；也有賣麵的，也有煮家鄉道地小吃的，江蘇、浙江、廣東、四川、北京來的，那個封閉的地方一旦瓦解，逃出來的，散在各地，就再也拼不在一塊。遠遠的祖厝旁，只剩下郭家祖母一個人看著世間渾然不知年歲，只是一直喃喃地說著：「阿豪的身體好了嗎？」

04

一九五五年，臺北城湧進許多被稱為義民的群眾，他們紛紛丟下從家鄉帶來的紀念——忘掉過去迎向新目標，就像個祈福儀式，在偌大的神社——臺北城，搖一搖祈福的鈴鐺，有的燒香，有的祈禱，有的念經，渡海來臺的英雄，他們祈求著生活能就此幸福，不再流離失所。

生存下去，這是個仙境也是夢境，據說在天堂不能有欲望，或許都是因為欲望的緣故，要賺多少錢，人生一定要擁有什麼……是欲望驅使執著的火，讓自己陷入深淵。只剩一人待在即將斷水斷電社區裡的某層公寓，那是四十幾歲的郭寬豪，他只記得自己有一個九歲的兒子，昨天他則去參加一場無殼蝸牛的抗議遊行。

身世不明，因為他的記憶力不好，只聽同事們說，郭寬豪祖厝所在之地，早已被城市的文明吞掉，沒有田沒有泥土的氣味，連骨頭都不剩，處處都是鋼筋水泥，宛如一座小型都市。郭寬豪當時只是笑一笑，「人都走了，留破舊屋子和雜草在那幹嘛……」那不是第一次，像是場實驗，郭寬豪的記憶基因裡，他們曾經留下一座空城，然後乘坐軍艦，遠離家鄉。

咒語，第三次啟動。

關於婚姻，有人被遺棄，那是郭家祖父的故事，郭寬豪卻有一樣的問題，這次是自己被遺棄。抑或，仍舊是因為記憶匱乏的問題，郭寬豪已結婚，但簽有一紙契約，十年到期，婚姻自動失效，惟因應法律，雙方須無條件答應離婚；另有但書，若是雙方情投意合，仍可以再重立一紙契約，並舉行結婚公開儀式。完全沒印象對方是誰，就像在灰濛濛的天空看雲下的世界；唯一的記憶，是那契約上的氣味，和某人一樣，或許就是那個某人拿給他的。如天仙下凡，那味道不俗，十分高雅，有種彷彿只存在外太空的香味，郭寬豪一時說不上。

可能是逃避，或者是懶得記憶，四十幾歲的郭寬豪曾經在十年前破產，一無所有的他，黯然離開股票交易所，那是十年一次大震，是股票的大地震，郭寬豪慘賠，而後便像一隻喪家犬，汪——喵嗚喵嗚，還會畏懼跟流浪貓搶食物。

沒忘記那夢境，如催眠，可能有人觸動了開關，像動物的本能求生存，郭寬豪仰天長嘯後得一美女，如同置身仙境，那獨特的花香，在不該有櫻花的季節裡，郭寬豪顫動著身體，在仙女的體內許下心願，每一次抖動，都是拿著顯微鏡在分析一般，那些願望的力量就像最高超先進的科技，精準地分析郭寬豪身上的基因，接著解離，在經過縝密判斷後重組，一枚最完美的精子，乘載著郭寬豪的心願，直是向前游去，那一尾活潑好動的魚，在水氣氤氳的池邊，慢慢被溫柔的洞穴包覆，直是陷入另一個完美基因載體的懷抱中。

如果換作科學一點的說法，只是因為郭寬豪喝醉了，對方那女子也喝醉了，就這樣有了孩子，在不得已的情況之下，他們簽下十年契約，然後結婚，接著住進女子的娘家。

腦海裡，有兒子的聲音，一句句爸爸買魚……郭寬豪拖著酒瓶，在不知所措下，決定先上街去買魚。

一路上，水氣很重，就像時空回到臺北仍是池塘之城的時候，郭寬豪想起離開南部故鄉的那一夜，當時人口外移嚴重，家鄉裡的老樹都傾頹，一陣大雨過後，天一亮，紅磚烏瓦全不見；是倉皇中從那逐漸陌生的地域逃跑，後來有些變成公園，有的蓋起大樓，一批批人由都市走去，他們說那裡是郊區，很有發展潛力……坐上公車，郭寬豪一回頭，那像是彼此糾結的植物和鐵絲，植物曾用力搏鬥，最後還是選擇包容，慢慢地順著鐵絲的方向，植物扭轉，植物包覆，植物成了鐵絲當時的樣子，鐵絲則成了植物的一部分，有人說那很美，也有人流下眼淚。

嗚嗚，船開動，過去究竟是被載走的，還是被載來的？

離開家離開故鄉離開島，遷徙不是第一次，整座島上的居民撤退，多少的不捨多少的信念，另一批居民進入，整個村莊的氛圍轉變；而移出的人口則進入都市，那是城市文明藝術品誕生的過程，不同語言不同文化，郭寬豪的祖父也在其中。郭家祖父不打獵，郭家祖母記憶著是更久以前，郭寬豪的祖父只是和臺北城交換些東西，一張某某光榮團的證件換一小塊地，丟棄一件行李換一張永久居留證，放下一個絕望換許下一個希望，也許，還有隱晦不明的部分，用情感上的缺憾換子孫血脈生存下去……

那個時常駐足在臺北的郭寬豪父親很可能是這樣失蹤的，穿越了都市的邊界，消失在鄉村的邊緣；為了生存，自己是否又該拿什麼來和臺北作交換？郭寬豪邊走邊想。迷霧裡，懷疑空氣污染，以為是凌晨時分，像船的聲音，又像是空襲警報，咕咕——咕咕，摸索著記憶裡屬於自己的路，離家不遠（正確說來是離岳父母舊家不遠）的地方，轉彎，在麵包店的隔壁再隔壁，水族店不知為何沒有營業；有些失望，還有些不知如何是好，突然間咕咕——咕咕聲，郭寬豪一回頭，在雲的上方正歇息著一隻鳥，還咕咕咕地叫。

是訊號，莫非咒語就要解除？郭寬豪心想。那些加諸在他祖母身上的陰影和他祖母胡言亂語之後的那些空城、郭家祖父事蹟、天堂寶物和郭寬豪的怪病，那是真實發生過的事情嗎，還是幻覺？不管真相為何，在心中，郭寬豪都當作那是咒語的效果，而且這遊戲即將結束，可能是期限到了……咕咕咕，那隻雲上的鳥仍持續叫著，越來越熟悉，郭寬豪越發想要一探究竟，於是他往上爬，攀上紅綠燈，蹬上乘載著滿滿水氣的雲朵，咕咕鳥沒有逃，郭寬豪倒是手一握，像是抓著獵物一樣，一個開心，就在天空上跳舞；雲朵瞬間撐不住重量，咕咕鳥和郭寬豪都跌了下來，就在墜落中，咕咕鳥竟化身一女巫般，說著：「你想要什麼，你企圖抓住的是什麼，你還記得自己是誰嗎，你從哪裡來？」

墜落地面，郭寬豪感覺自己終於是隻鳥了，像某個兒子想買魚的午後，他直在夕陽下看著玻璃缸內的黑魚，他想偷走牠。

二〇一三年，咕咕——咕咕，醫院裡郭寬豪的臉瞬間蒼老，有護士長經過，她說她認得這個阿伯，他本來住在屏東因為生病才來臺北就醫，他兒子像模特兒般的俊美，他老婆不常出現，他因為有塊地在臺北所以越來越有錢，他有一半血液好像來自浙江省份的漁村，而另一半則流著平埔族和高山族的血脈，他十年前來住院時，就常說：「解除完流浪的咒語，實驗後來成功了嗎？」

牛頭男的自白

以屋易屋篇

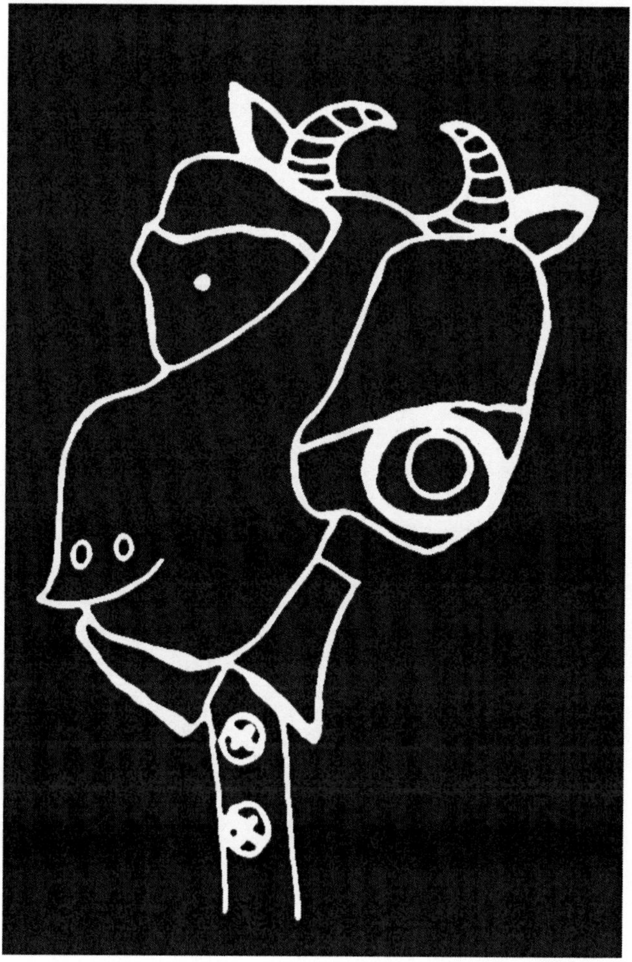

01

如果一切能重來……好多人說過這句話，我也說過這句話，當然最近常來咖啡館的男子——他喜歡牛的飾品，他說他曾是小姐，還作過名牌專櫃的店員。可能是我沒有仔細在聽，畢竟太多聲音了，有時候說著同一件事情，一轉身，老闆父親和老闆兒子的話題都像走在平行的鋼索上，一點交集都沒有，觀眾任選一條鋼索走，像個小丑，撐傘的拋球的，沒多久下雨，鋼索卸下後，眾人各自逃走。

外面正是一場雨沒錯，桌上擺著一本三〇年代出版的泛黃書籍，沒有打開，遠行男只是偶爾撫過那灰白面容的封面，我卻注意到戒指，遠行男那手上的戒指據說是很久以前，是他祖父的傳家之寶，咖啡灰黑色的污垢還躲在老銀戒指裡的鏤刻花紋中，靜默在微小卻緩慢成長的時空裡繁衍。遠行男有許多祕密，他身上有西方人的神情，偶爾他說自己來自巴拉圭，有時喝咖啡喝到醉，他眼神恍惚，或許他有什麼心悸的毛病，卻戒不了上癮的濃縮咖啡，他時常邊喘著氣還用雙手邊撐著頭的重量，才以含糊的聲音對旁人說：自己是多國混血兒，曾住過香港、雪梨、上海、東京……但今天，或許是遠行男一個荒漠般的眼神，靜靜坐在咖啡館的角落，如沙漠裡的黑夜，星空下突如其來的洪水，有遙遠的河流暴漲中，遠行男什麼也沒說，他的心在雪山上靜靜看眼底的惡水正裹著腥臭的泥土滾滾向窗外衝。怕被洪流吞沒，所以我們所有人都沒離開，選擇留下後的靜默，像駐紮在地勢較高的平臺上（窩在地名曾叫崙的地方）四周也許有些竹林樹林，隱隱約約，許久沒見面的電眼女正和總愛說自己曾是射擊國家代表隊的四十男偷偷在眾人眼皮底下親吻，如少男少女般清澀，在漣漪泛開前離開，然後相視而笑。

也許都是因為這場雨，外面的溪流就快要潰堤，不能出去，像坐上公車還沒到站不能下車，但公車卻拋錨在半路；坐在咖啡館裡，我們原本都該有事情要做，像例行公事般的活動，進入離開，但此時卻因為雨，一切都被中斷。像我自己得打起精神去找工作，而老闆父親前幾天就嚷著要找房子，他說現在住的樓層太高，他的膝蓋已經僵硬如石頭，不利攀爬；老闆兒子也有事要做，他正想要將咖啡館裡的部分舊書拿去和別人交換，對方聽說是新來的顧客，是個不能喝咖啡的女孩。一杯綜合果汁，一整個安靜的下午時光，女孩翻動的書籍都像有不可思議的精采篇章，老闆兒子注意到她，她手指上的彩繪指甲有舊

上海煙粉粉的那個年代，鑲金綴銀的大紅旗袍，滿滿的紅寶石繞在頸項，只是一轉眼的時間，舞廳的歌聲止歇，那不喝咖啡的女孩正在翻閱旅社時光裡的櫻花，一本本描繪日治時代的書籍都繞在她四周圍開花。

純粹是個下雨天，室內空氣的潮濕慢慢浮現，如一座森林快速養成，照不到陽光的部分，那佔大多數，焦糖般的顏色，暗紅色，滿佈的翠綠從白色的小丘陵上探出頭，在沒有人進入也沒有人出去的咖啡館，不知道是誰提議的，我感到咖啡館逐漸有些不同。

不是一覺醒來的惺忪感，只是在遲疑要不要續杯的時候，有人從最陰暗的角落對老闆父親說：「我和你交換房子好嗎？我的公寓在一樓。」老闆父親回說：「有沒有社區問題，是單純住家，還是可以變通經營？」沒有人抬頭，那一雙雙眼睛，像是在停紅綠燈時，注視著前面的年輕男女，他們彼此打罵，後座女子還猛敲前座男子的頭，後來男子大力地拉住女子的雙手，往前一抱，女子終於放棄撒嬌式的暴力行為，改用溫和一點的動作，她在前座男子的耳邊開始種花，呼呼微風吹，男子一覺得癢，摸摸耳朵，粉紅的桃花隨風飄，女子在後座一笑。不只是騎車的風景，還有過馬路的景致，老人家騎著電動車在斑馬線上緩緩移動，電力持續下降，如毛毛蟲般的動作，時走時停還時張望時歇息，老人家的臉很焦慮，路過的學生全戴耳機，他們聽音樂，他們聽不屬於這世界當下的聲音，有的是很久以前唱盤轉錄後加上電子混音；有那麼一瞬間，一九一一年出生的老人家望著一九九七年出生的國中生，國中生也看見，卻像時空重疊，國中生直對著空氣說話，還一邊拽著書包一邊比手畫腳，老人家很失望轉頭，原來國中生在講手機，仔細瞧，那耳朵旁像長有一條電線。開車的拚命按喇叭，前方陸橋卻不知為何忽然有隧道，該死，原來是施工的鐵架忘了披上巨大藍白帆布遮掩，在佔據一個車道的交通顛峰時間，還好只有一個糊塗蟲開進去裡面。叭叭，開車的還不明就裡，直對著路口的警察大喊：「辛亥隧道有通這裡嗎，難道是新開的道路？」

有時候看到的事物像是稍縱即逝的風景，那天邊的雲霞，在上一秒抽離後轉變為下一秒鐘的幽靈，喀滋喀滋，今天正蠶食著昨天的廚餘，味道似乎沒有變，喀滋喀滋，一個念頭轉動，望著昨日的切片，現在的自己感覺像是在看癌細胞突變。

就在一個雨天的咖啡館，我感覺氣氛是越來越古怪，沒有人注意到此刻正在出現的聲音，就連我身後打掃的阿苦婆也像飄在上一秒間的時空，她的思緒正跟著所有人前一秒的故事，慢慢粉碎成這一秒的煙塵，如集體失憶一般，卻重複著剛才的動作。

我懷疑自己是不是壓力太大，昨天妹妹問我：「我要以明星大學還是明星科系為基準報名，到底什麼才適合我，還是全部隨便？」我搖搖頭說：「我不知道妳適合什麼，但如果重來，我會唸自己想念的科系，而不是用分數落點去填。」妹妹聽完，大聲咆哮：「你不懂，聯考很苦，我現在更苦。」我張著訝異的雙眼，好像有什麼危機，擔心妹妹是否會一時想不開，電視上常演，新聞話題不減，猛敲門後的世界；我彷彿看見妹妹在更危險的地方，大家都告訴她讀書重要，這個系比較好，那個系不好，讀商好讀法好，不要讀沒出路的學系，要不然理工的也好，跟電子機械相關的最好，考慮看看農機系也不錯，將來出去準不怕沒工作。妹妹就站在那些刀山裡頭，她的手還拿著長長的平衡竹竿，邊走邊哭，還回頭對我說：「我到底該怎麼辦，時間太短，我還年輕，我不知道自己想要什麼，現在選擇會不會太早？」

如地獄般的火山熔岩，噗噗噗地冒泡，前面隱約有老師戴著牛頭，還有補習班主任戴著馬首，判官正站在遙遠的前方，妹妹被推著走，手裡的竹竿不敢放，如特技表演走鋼索，妹妹身體搖晃了幾下，她邊流淚邊對我說：「我不知道自己的志願，我很迷惘，高中課題像考試的工具，我什麼也沒興趣；怎麼辦，大學的門就在前方，難道等我讀了之後再轉系，還是之後在考研究所繼續學習？」

那是妹妹轉嫁到我身上的壓力，我還在待業，我面臨瓶頸，我看見前方的自己越來越枯槁，和小時候的自己相當不一樣，鏡子的一邊是骷髏頭，另一邊是小時候總是考第一名的我，直望著鏡子裡的黑帝斯還有祂那隻三頭怪犬，他們都在笑，笑地獄般的人間，笑聲如青銅樂器，鏗鏗鏘鏘。

像是某種派對，有藥品偷偷流進來，像放在流水涼麵裡的冰塊，冰鎮之後，嗍的一口，大力吸進，世界於是開始出現寶石一般的家具和人臉，眼睛裡的祖母綠閃爍；只見老闆父親和遠方看不清楚的人握握手，他們像在簽約，他們像多年的朋友，沒多久咖啡館崩解，除了坐在裡面的客人，一陣敲打聲中，鋸木條的聲音飛過，釘隔間換新家具，咖啡館又復活，只是跟過去風格迥異，窗外的地點轉變，從火車站附近換到一座偏僻的古老公寓，外面都是摩托車，對面看起來像是以前做過市場的四方形連棟公寓，中間的騎樓通往裡面的天井，到處都是濕答答的水聲滴個不停，偶爾還飄來魚腥味。

轉眼，在兩三個老闆父親開始慢慢向遠方走去的身影之後，老闆兒子也

站起來，一個兩個三個……一共有五六個身影晃動中，老闆兒子對不喝咖啡的女孩說：「我要用什麼才能交換到妳？」不喝咖啡的女孩微笑，她輕聲附耳在老闆兒子身上說：「先和我交換書吧，我是書裡面的故事，如果你真想要我，那就跟我交換書。」

我感到一陣不安，總覺得事情沒那麼簡單，不會只有換書這樣容易的事情，在我眼前的這場戲絕不會是清新浪漫的愛情喜劇，對方不會是走失的天使，老闆兒子也不會知道天堂的電話號碼；直覺，那是有陷阱的交換，像惡魔的交易，我總覺得哪裡有問題，為了能繼續在咖啡館消磨下去，我想我必須挺身而出，阻止老闆兒子用這麼無聊又危險的交易手段泡妞。就在我要走過去，以一次移動十幾個身影的速度，我是咖啡館現時動作最快的人，就連一再親吻的電眼女和四十男也沒我快，當他們讓害羞像蝴蝶一般飛往臉上時，我只差一步就能阻止老闆兒子的交易。忽然間有人拍我，我一轉頭，咖啡館裡瞬間恢復平靜，幻覺全然消失，我仍坐在以前的吸菸區位置，現在全面禁菸，但桌子上仍殘有黃膩的煙味，那是打掃婦人阿苦婆怎麼擦也擦不掉的地方，她總說：「那是她家老爺子的肺。」

沒有可以偷窺的風景，在全罩式安全帽下，所有的街道被淨空，遠遠的行人他們各自分散在無法交談的地區，我無法一次看完他們所有人的動作，只能一區區看著，然後失望地回頭，我又續了一杯咖啡。

02

煮咖啡的器具，無論是機器還是茶壺，它們都發出嘶嘶嘶的聲音，那是種壓力就快要滿出來的訊息，如同窗外的雨，沒有排水溝，整座城市就快要淹進惡水中無法呼吸。突然間感到慶幸，我正坐在咖啡館裡，應該沒有危險，因為這裡的時空似乎被圈禁；關於這裡面的故事將一再輪迴，直到嘶嘶聲大作之後，在變成咖啡杯外的水滴，一次次循環，變動搬遷，然後再次流離失所般的漂浮，接著，嘶嘶聲又將大作。

雨聲大如雷，白天像黑夜，電眼女突然對書有興趣，她正翻著不知名的書籍，那上面部分像是由字音翻譯成漢字的傳奇故事，她說那本書來自她故鄉——南部某小鎮的圖書館，她小時候就借過，現在她姪女又借來看，她跟老闆父親說：「你看這個記號，有沒有看見，那上頭鉛筆畫的人蔘小孩就是我的傑作。」故事書頁在電眼女的指間飛躍，高山峻嶺中，有窮苦人家的探險故事，家裡頭額娘的手一放，小孩就像風箏飛翔，不害怕，直飛到長白山上遇見紅肚兜的胖娃娃，繫紅繩，跟著跑，滿山遍野中，人蔘王就在前方。

昏黃燈光像寂寞野獸的眼睛，雙眼眨呀眨，似疲倦般地半垂下眼瞼，偶爾又想睜開朦朧的視線。四十男不騎馬，他說小時候曾摔過馬，不知道是迷你馬還是林場裡的英挺馬匹，也許是父母疏失還是目睹了別人的遭遇，四十男根本分不清；那似乎是發生在四五歲的事情，卻變成他國小遭遇的事，四十男總說：「都是因為馬頭琴。」像是有琴聲響起，也許是壞了很久的唱片機，終於在十塊錢的誘惑下，開始緩緩移動音軌，慢慢地哼出歌曲；四十男總說自己愛唱歌，四十男總說自己想彈琴，四十男還說自己曾是牧童，不是臺灣的放牛牧童，他說他曾跟著他祖父在曠野的大草原上，他們牧羊他們躲野狼他們遇見一隻美麗的神奇白馬。沒有人答腔，倒是牛頭男回頭看了四十男一眼，像是電動花燈一般，不太順的動作，撐住鐵絲纏繞的身體，兩條電線控制，小小的一個開關按下，轉身彎下，起身轉回原處，動作反覆不停，直到開關關掉。

窗外的世界像是在吞嚥，有什麼東西急著被消化，又有什麼東西正被反胃吐出，遠行男望著雨點的舌頭直舔著城市的青苔，如處在一座海上城市，電梯向下，直達海底貧窮區，唯一找到的工作是清垃圾，唯一的夥伴是洋流，咕嚕嚕，海底逐漸沒有了聲音。遠行男閉上眼，先喝一杯清茶，放下，又喝了一口黑咖啡，許久的反覆思量後，他對離他三個座位的我說：「我也有故事，我想變成高山。」轉經輪於是在遠行男的四周轉動，咖啡館裡也頓時飄起了風馬，風在吹，唵的聲音持續不墜，遠行男跟我說：「在我的拉薩世界裡，那裡也有人賣臺灣這種香腸，那是我某一天的夢境。」遠行男的身後頓時出現大幅唐卡，窗外的雨世界似乎已與我們無關，唵嘛呢叭咪吽，遠行男說：「我曾經是人人口中的阿卡（安多藏語，對普通僧人的尊稱），我曾遇見過一位喇嘛和一隻老鼠的故事。」鐃鈸號，海螺響，遠行男對遙遠的童話故事，可能許多都源於記憶混淆。

很多人的故事在重複中，由一個城市搬到另一個城市，像是輪迴，在一個時空中抽離然後回返到另一個時空，作同樣的那個人，做同樣的事情，只是故事有的重複，有的則有新片段加入，在無奈地必然搬遷移動中，每個人的史詩和在城市文明裡的史詩，因此擴大。但有個人卻始終靜靜地坐在臺北城裡，任無數微小夢泡泡攀爬飄浮，仿若在欣賞什麼建築物的誕生，他就是自稱曾是專櫃小姐、工程師、早餐店老闆以及大地主還說最近越來越喜歡名牌和金錢的

牛頭男；在眾人故事反覆發酵後，如食肉野獸的一個呵欠，那腐臭的味道四溢裡，他褲頭別的那串鑰匙，上面的牛頭鑰匙圈竟是笑得叮噹響。

客人和老闆沉浸在書裡的世界，連翻書的聲音都很小聲……莫名地響起一陣雷，有人的手機邊震動邊唱歌，接電話的人，身穿麻布衫，脖子周圍繞上一大圈的灰藍淺紫毛線圍巾，身上的長裙還有幾顆鈴鐺清脆地響。我是唯一嚇到的客人，聲音一來，我立即就向四周回望，一眼就瞥見那女子波西米亞風的單邊大耳環還有整身異國民族風的裝扮；更讓我感到困惑的，是她左手上的臺灣原住民風串珠手鍊，還有手機上的排灣族琉璃飾品，那些顏色正飄著陳舊的氣息，像是從石板屋裡剛被找出來的舊物，又像是深埋在陶甕裡，最近才出土的古老文明。在那些新舊交雜的民族風衣飾裡，女子整個人就像窗外的那片災難，有東西正在吞噬著某些東西，有東西正在遺棄某些東西，遠遠聽見，那女子對手機話筒大聲地說：「除非，你拿路來跟我換，要不然我絕不搬走。」綠松石的戒指正大力敲在長期接受濕氣浸潤的舊木頭吧臺上。

我以前沒見過她，我發誓，從我讀大學以來，從我賴上這家咖啡館以來，她是我從未見過的客人，她的眼睛有埃及的煙熏妝，她的鼻子扁塌，她的嘴巴很大，她的眉毛淡棕色細長。她像是突如其來闖入的野獸，她渾身都有傷，但她的眼光銳利地像尖牙，那是防備的模樣，彷彿有人正在追殺她，她必須要暫時逃離自己原本的時空，躲入我們這如某種昆蟲薄透脆弱的卵裡——那對我們而言，是種可怕的危機。

　　該殘殺原本就在這咖啡館裡的人群，因為我們看見了不該看見的人——那女子身上顯而易見的祕密，一身流著羅馬人、吐蕃人、蒙古人、回族人和漢族人的血液，她們家族據說曾經住在現為甘肅省境內的一個小村寨，舊時被稱為驪靬縣的地方，那傳說是古羅馬人定居的所在地。她的身上還有許多文明，它們不時在爭戰，有些族群後來分裂，在古羌人和藏族的遙遠故事，血緣關係曾經親切，最後因為地緣演化，有人滅絕，有人還混入後來的更久時間，存活在現代的故事大夢之中。那女子口中的梵天，那女子的祕密多元，所有的族群血緣都像是她細胞裡的基因，因為某種機制的啟動，有部分開始突變，像是巨大的噬菌細胞沒有節制般長大，在它們自大意識裡的揮軍進攻後的下場，那女子會流血，咖啡館裡有人看見她在擦鼻血，像是種癌症，女子的追殺者或許就在她身體裡面。

03

事情總像是被推著走。牛頭男曾那麼說，流著鼻血的混搭女現在也這麼說，我也暗自在心裡說。

事情究竟是如何發生的？時間是臺北下午兩點，年代二〇一三年。就在一個冬季效應餘波中的雨天，在一向平靜的咖啡館，忽然闖入一名不速之客。那是多麼晦氣的一天，我早上踩到狗屎，氣得正想調閱路口監視器，想看看是誰家的狗那麼隨便，順便再跟主人索賠；說巧不巧，又有鳥糞砸中新配的眼鏡，早知道就不要抬頭看監視錄影器，也許便能順利通過，躲過那一劫。

但倒楣的不僅是我，還有老闆父親，他說他今天出門遇見一個婦人，說自己的房屋就在一樓，很適合他這種膝蓋有毛病、醫生也無法醫的老人；地點離咖啡館不遠，條件相當也是舊式五樓公寓。老闆父親一口答應，想說先去看看環境，誰知道竟是騙局，一開門就有三名男子問他的錢包在哪裡……一想起來就有氣，報完警之後，老闆父親懷疑是內賊，但常來光顧的客人沒有人知道他想跟人換屋，因為房子太貴，仲介費太高，那是他異想天開的方法，就在和老闆兒子吵架後沒幾天，他開始構思著如何成功換屋的妙招。會不會是兒子？老闆父親氣得胡思亂想，一想到最近又想轉換跑道改開二手書店的兒子，他就想和咖啡館一起消失，讓他兒子什麼都得不到。

老闆父親攪盡已經好久沒思考的腦袋，時空像是回到七十幾年前，他在壕溝裡的那一夜，他是多麼努力地思索，才終於讓自己全身而退；離開戰場，來到安定的地方，沒想過要讓兒子繼續當軍人，他只希望這個晚年才終於盼到的兒子，老老實實跟著他賣麵過一生就好。誰知道，從四樓的家吵到樓下，又站在一樓鄰居家的門口吵，什麼咖啡館過時，二手書店比較好賺，在老闆父親的耳裡，那些全是藉口，就像臺北以前的街道坑坑疤疤，卻總是有藉口說：「下次鋪柏油時，就會改善。」做這行想那行，老闆父親氣得拿拐杖追打，會不會就是那個時候，他說了些氣話，什麼搬家什麼要自己住的，是鄰居聽到了。那些來來去去的鄰居，除了一樓的老鄰居和二樓右邊的李太太一家，三樓的林老師一家，其他的都像是過客，一個月就消失，有時候聽說租出去了，卻也沒見人搬進來；更恐怖的是有一次，整棟公寓瀰漫臭味，最後問里長怎麼解決，里長報警，警察才從五樓的一戶人家搜出腐敗的豬肉條，原來房客出差一個月，之前買的生豬肉忘了放冰箱，搞得全棟公寓的人，都以為自己要上頭條。

懷疑有第二次詐騙，老闆父親只能故作沒事一般，一大早來繼續幫兒子開店；但神情裡，難免露出想從客人身上聽到些許訊息的怪異表情。或許真的有第二次的騙局，但當時已經下雨，我沒仔細聽，除了電眼女、四十男和遠行男的低語，我什麼也無法聽到，在滴答滴答響的天氣；就在我還疑惑一個陌生客人忽然降臨，卻全身沒有溼透的痕跡，彷彿已經跟我們在這裡坐了好一會兒的模樣……那陌生女子她是在等雨停，還是在躲避？

牛頭男這時又像一座花燈般轉身，筋骨僵硬到看得出不自然的模樣，他小聲地對我說：「那女子，新來的客人看見否？她好像是我小學同學。」事情果然被某種力量推著走，冥冥之中定有安排，那女子身上的血液就像受到某種呼喚，她來到我的身邊，我猜想，她是想問我有關於牛頭男的故事。於是我知道，她可能是牛頭男的同學，她家族搬來臺灣很久，她出生在臺南，她戶籍後來在新竹，她現在則住在臺北；她還當過鋼琴家庭教師，她還當過平面模特兒，她大學讀兩間，兩間都有畢業，一間是醫學大學資管系，一間是藝術大學……原來，混搭女還是我同學，我們大學念同一間，我們修過同一門通識課，當時她坐我旁邊。閒聊一會兒後，她還對我說：這裡的空氣不大新鮮……

我以為她是指咖啡館，我只能小聲地跟她說，以一種怕打掃婦人阿苦婆聽到的細小聲音對混搭女回說：「將就點，這裡便宜，這裡安靜，這裡的老闆像家人，儘管廚房總是一下雨就會漏水。」混搭女對我搖搖頭，她喝了一口卡布吉諾後對我說：「我是指我生長的土地，是這裡，」混搭女忽然哽咽，她還抓住我的手貼近她的左胸膛繼續說：「還有這裡。」

怪異的緣分，我們並沒有聊多久，但混搭女好像已經和我很熟稔一般，她開始對我說了些故事，她說她研究所去外國念，她還去很偏遠的地方遊學；她還說有一年，她去了間動物學校，地點在終年都可能下雪的地方，那裡有當地人很尊敬的一座聖山，她當時的身分是頭豹，據說是因為她想替臺灣雲豹祈福，希望牠們沒有消失滅絕，於是她成為一頭豹。從高原進入到深山，在白茫茫的大地，她偶爾將背包裡的哈達獻給山林，也偶爾以等身長頭的磕頭方式前進在銀色月光下的森林，先是四肢出現斑紋，接著混搭女不再能直立，當她以爬行的姿勢前進到聖山的山頂，一聲如猛獸的叫聲震響整座白雪的世界，草原般的豐沛水量於是出現，在蜿蜒於無數泥沙的世界之後，在冰天雪地中融化成一泓清泉，人們在出來飲水時，都看見聖山上突然有隻花豹。

混搭女後來又回到動物學校，在那裡她逐漸由豹轉而為人，脫離了豹的視野，混搭女開始止不住地痛哭，她對動物學校的校長，一名慈祥教導者，一名尊貴的喇嘛說：「我真對自己身為人的行徑感到慚愧。」當時，慈愛的教導者對混搭女說：「孩子，妳需要的是意念。」

回臺之後，混搭女從事環保運動，她偶爾參加某些跟環境訴求有關的抗議遊行活動，前陣子，她才南下去濱海鄉鎮靜坐。我忍不住驚嘆混搭女多采多姿的人生，卻又在猛一回頭望見她神情裡不該有的痛苦和孤寂，像是種濃郁的憂愁，湖水持續被蒸散，是高山的雪沒有化，還是雨水一直凝聚不來，散在高空裡的稀薄空氣，偶爾還跟太陽去旅行。

於是我轉換話題，我問她現在的國籍，因為前幾年很多人都有雙重國籍的問題，方便四處跑來跑去，就連自己的親戚也有美國和臺灣雙國籍，我因為好奇一個常往北極歐亞大陸旅行的奇女子，她真正的身分，她家族後來是否在臺灣定居；得到的答案果真沒什麼好訝異，她父母六年前移民，她自己有多重國籍，她的前夫是西班牙人，他們曾在臺灣一起打拚，直到家庭的壓力，太多人的關心，還有表面功夫的問題，據說是她祖母逼瘋她前夫的；一大堆瑣事，什麼姑姑家有困難，他們要常去關心，還有叔叔嬸嬸愛面子，他們要常去串門子，沒事還要誇獎他們家的佈置每一年越換越新穎，越裝潢越美麗……全是親戚，都是些混搭女祖母最討厭的親戚，卻逼外國孫女婿要重視家庭；沒有兩人世界，三人空間太擁擠，混搭女的祖母介入她的婚姻，外國孫女婿逐漸透不過氣，最後離婚求去。

我終於聽懂混搭女的意思，原來空氣不新鮮是指這些原因，我還誤會是阿苦婆懶得打掃，所以任由灰塵沉積在空氣裡，直讓咖啡館裡的空氣有清領時代的粉塵還有日治時期的碎屑和民國後的微粒，一起潛伏在二十一世紀的晶圓時代，逐漸在分裂中，出現微輻射的現象。

04

開始有人咳嗽，原來剛才親切的氣氛是幻覺，混搭女變臉，她仍是十分鐘前進來的殺手，我們都看到她的臉，她那張古羅馬人混雜各民族的臉，不是西方也不是東方，是西方也是東方，我想我們都忘不掉那張臉，所以我們很可能會死。

「是毒氣。」電眼女大聲說。

她一說完，我趕緊閉氣，卻又在幾秒鐘後宣告放棄，我呼吸，我感到頭暈目眩，我看到眼前的景象，我仍是那個讀錯科系的大學生，我沒有參加轉學考，也沒有參加轉系考，我當時很迷惘，眼裡只有賺錢，我打工的餐廳還拍胸脯保證，我一畢業，他們就要升我作正職。接著是鋼筋水泥年代出現在磚塊屋上，沒多久有烏瓦的平房在時間裡倒塌，無關乎九二一大地震，當時臺北城感受到的震度還好，在盆地的地形裡，因為距離，並沒有引發共振的情景；但無形的地震仍繼續，如建築在金錢上的房子，用多少美金、歐元、人民幣，最後是黃金，在鋼骨的結構裡，我打工的餐廳在連鎖效應下倒閉，我妹妹以前當洗頭小妹的家庭美髮店也倒店。便宜的進貨價，連鎖化的以量制價，很多結構改變，如房屋的建築結構改變，不只是因為地價，還有原物料上漲，有個來臺十年的外國人跟我說：這十年變化太大，他有時在闔眼後又睜開，就會在瞬間被嚇到——市場的結構一再變動，三百六十行的行業轉換，都市更新，人口組成……臺北的雨越下越大。

色彩逼真，畫面精采，懷疑是老闆父親添購的電影劇院系列，我在灰黑暗紅的咖啡館裡看見曾經，卻又在一聲尖叫後，看見電眼女的過去；我曾經偷偷暗戀她，她大我十歲，她曾是我哥的高中老師，我後來也讀那一間，她沒教過我，但我們卻時常在巷弄間擦肩而過。後來我們不約而同地來到這家咖啡館，她已經不認得我，我卻記得她，下眼瞼泡泡的，笑起來很甜美的表情，所以我叫她電眼女，但這個綽號沒人知道。一聲電眼女的尖叫，我看到一艘光速戰艦穿越，戰場忽然搬到電眼女家，那是電眼女的大學時候，她從小品學兼優，她年年都是模範生，她從沒有被老師打的經驗，因為她永遠是全校第一名，她溫柔她恬靜，雖然她也可能發展成籃球選手，以她高挑的身材，靈活的動作，俐落的身手，她還蠻有運球的慧根；可惜學校從未重視過電眼女的其他才華，大家只知道她很會考試，所以她就這樣一路順遂地進入師範大學而且還是公費，在看似毫無障礙的求學路途裡順利畢業，最後依父母心願進入家附近的高中教書，接下來就等著嫁人生子，電眼女的人生似乎就要完美。

戰區接連爆炸，電眼女的人生竟然能夠倒轉，她在選填大學志願時，偷偷填了園藝系，父母跟她斷絕來往，她靠打工完成學業，她後來遇上金融風暴，她的基金慘賠，她開店的夢想不見，她仍舊在大學打工的園藝企劃公司上班，她昨天才因為去跟客戶show企劃報告時，被警察開了一張紅燈右轉。畫面裡的她最後仍跟現實的她一樣，無論是當老師的電眼女，還是成為園藝規劃師的電眼女，她們都遇上困難，她們都對現實感到失望，她們都想改變，卻在

越縮越小的昆蟲卵裡，發現沒有空氣才是主因，根本沒有什麼毒氣，都是二氧化碳過多的問題，氧氣稀薄，蟲卵裡的電眼女，無論是作了什麼行業的她，一個個正倒臥在蟲卵裡，她虛弱地說：「我需要呼吸。」

有像一〇一煙火，那炸上天空的銀色大樹，一層又一層的樹冠上，有許多很像四十男的金剛，牠們正在煙火裡亂爬，又像是在建造什麼東西一樣，不一會兒，雲朵成了堅固的佛塔，聳立在臺北城的中心，無論站在什麼地方，都能向它朝拜。

四十男是外國留學回來，四十男常被炒魷魚，因為薪水問題，四十男經常成為企業公司開刀的對象。快刀斬亂麻穩定民心，還是一起努力，不管是SARS還是雷×兄弟，亞洲金融危機還是全球破產壓力，減少成本不浪費物資，四十男總是被設定為無法跟公司同心協力的對象，所以他時常失業。戰艦滿天飛，3D電影的效果很好……其實四十男的課業普通，他從小在學校成績平平，永遠是中位數，不高也不低，他贏過班上一半的人也同樣輸給班上一半的人，四十男只希望老師永遠都不要注意到他，他是個乖小孩，他不想惹麻煩；多麼平靜的求學路，沒有漣漪沒有石頭，一路到大學畢業，才在父母的擔憂下，硬是送出國去留學。一樣的平靜，在草地旁的坐椅，沒有人跟四十男成為朋友，也沒有人跟他打過招呼，彷彿他不存在於每個時空，畢業紀念冊裡，他也沒露臉，在那不高也不矮的身型下，四十男的世界就像早期以為的月球，什麼都沒有。

彷彿不是那樣，那不是事實，永遠四十歲的四十男，他說他也不願意，在電影裡的爆破區，他像藍波一樣行。原來，他只是不明白要怎麼在人生毫無目標的情況裡繼續努力。一顆地雷引爆，原因是一列馬戲團的火車經過，上面的長頸鹿同學們在嘲笑，還有獅子一般的父母懶洋洋，更有冷漠假裝看不見的空中飛人老師們用鼻子瞪著四十男，鼓聲響，指導教授變成的團長大笑，其他過往同事變成的小丑，他們邊丟球邊朝四十男吐口水；壓力到達極限，地雷接連爆炸，馬戲團轟地一聲，只剩下燒焦的招牌一半，團員的面具四散。從藍波轉行成健身教練，四十男原來體態很美，難怪我看到的幻影中，電眼女會為他心醉。這是什麼樣的影片，我還弄不清楚，卻看見劇情裡的電眼女回到高中時代，她放棄高中選了高職，她說她想學技藝，她不想讀不一定是正確的知識和自己沒興趣的死知識，一生就那麼過下去；那是最初的相遇，四十男和電眼女在高職的學校認識，他們都有了新目標，決定人生倒退一點，未來或許會很美。

「但這是電影，人生不可能重來，在身上經歷過的那些事情，永遠都不可能空白。」電眼女大叫後，咖啡館裡的空間忽然真變身成蟲卵，四周的空間越縮越小，如同有人同時掐住我們所有人的脖子，我們在即將窒息的前一刻，看見咖啡館裡的時光破碎，有的像是被撞爛的機車，由五顏六色變得越來越灰黑，那是光線一直被吸進去的地方。

05

妹妹應該很喜歡觀察昆蟲，她曾經撿過一個蟲卵帶回家研究，那是顆生命早已被毀滅的地獄蛋，當我小心翼翼地為妹妹解剖那顆蛋之後，妹妹嚇得當場痛哭；那裡屍橫遍野，十幾個生命夭折在裡邊，青綠色的卵瞬間如沙漠，枯黃的顏色，憔悴扁皺的模樣，似枯葉落下，細菌分解中，剁頭剁腳的恐怖景象，是地獄的刀山油鍋，幼蟲都還來不及尖叫。

沒有憤怒，只有壓力，一抬頭就碰得到的壓力，那是逐漸下沉的天空，我可以感受到妹妹和我已經無法站立，我們得用爬的方式，就像我剛從生死之際爬進妹妹的夢裡。

四肢著地，我的膝蓋和小腿骨正在地上摩擦，小心爬行繞過多元文明的屍骸和一個個城市裡的記憶，有的一碰就掉，骷髏頭一直滾，直在一次次戰火中，灰飛湮滅；不同的文化，不同的人，不同的國籍，為何會在這咖啡館裡遭受同樣的命運，我們正在被壓擠。

我對牛頭男說：「在死之前，我只能想到我妹妹，我剛才還去她的夢裡跟她告別。」牛頭男已經趴在地上，因為咖啡館的屋頂正往我們身上壓來，速度不是很快，但是我們已經無法從變形扭曲的大門逃走，隨時還可以聽見，我以為是老闆父親買的家庭電影劇院的聲音，鏗鏗鏘鏘，然後是煙火的聲音，咻，砰，咻……

彼此的距離又更近，先變成蝴蝶的電眼女還有四十男，他們正在我頭頂飛來飛去，還記得上一秒鐘他們成了毛毛蟲，在來不及爬走之前，又化成了蛹，現在終於是蝴蝶了，他們看似快樂卻不知道該往哪裡飛。離我只有一步之遙的牛頭男四處張望，他對我說：「那女子去了哪裡？」我說：「誰？」牛頭男說：「我妹妹，那個集合眾多文明的混搭女。」我頓時感到驚訝，卻又立即顯露出長久無法發洩出來的怒氣說：「她是你妹妹，你為何還放任她亂殺人。」牛頭男眨巴著眼睛，我簡直不敢相信，就在我眼前，牛頭男頓時變身成

老人，他比剛才在混搭女的一個咒語下而變身嬰兒的阿苦婆還老，那個在我眼前瞬間衰老的牛頭男咳了幾聲，他對我說：「她其實是在殺我。」

在雨天裡的一場災難裡，我正躺在縮小咖啡館的扭曲蟲卵時空中，我就快要無法呼吸，然而上一秒鐘，竟然有自稱是兇手的哥哥，他對我有一番無法讓人相信的自白。

牛頭男說：「我妹妹，她從我的身體裡逃走了。」我則回問牛頭男：「那你是誰，你又為何讓她逃跑？」於是牛頭男哭泣，就像二〇一三某天下午在臺北的這場雨，濕黏的感覺令人想過敏，尤其是看老人家哭泣，心糾結在一起然後像被鑽了個洞，呼吸很痛，肌肉莫名顫動，血管壁強力收縮然後平緩了所有的時光，只剩下血液無法控制的外流。牛頭男讓我過敏，我的軀體逐漸成為空殼，就在我意識消失前，牛頭男終於開口繼續說；他說自己是臺北，無論是什麼時間，無論莿桐花開幾次，無論艋舺是萬華還是獨木舟的平埔族話，無論士林是八芝蘭有沒有溫泉的過去，無論什麼樣的人出現，無論什麼的人居住下來，牛頭男自稱自己就是臺北這塊土地、也是臺北的靈魂，他是臺北城文明的巨靈。他曾經也像不說話的山川一樣，他包容然後接受，在他身體的每次劇變，無論是什麼樣的人種，是哪裡來的人，他全接受然後成為自己意識的一部分，曾幾何時，他從自在變得會害怕孤單，當都市已然在臺北形成，當轉變的時間都只是眨一眨眼，他開始畏懼會被文明反吞噬；而就在這個時候，他的妹妹出現，充滿生命力的巨靈，她身心大部分還是大自然組成的，她仍然擁有往昔農村和漁村的意識。

我真的看見牛頭男吞噬過人的意識，就在他在跟我自白的時候，他說他餓了，一伸手，他抓住老闆父親，然後一口吞下，接著牛頭男對我說：「我感到高房價的壓力，很不自在，在我體內的靈魂都很痛苦，我感受到遙遠的地方，你妹妹正在找你，她說綠色的制服讓她太有壓力，她的成績不好，她永遠是全班的倒數幾名，她不想要老師推薦她的那幾間大學，她只想好好歇幾天。」我趕緊對牛頭男說：「請你別吃我妹妹。」牛頭男聽完笑了，然後他瞇著眼對我說：「我不想要這個身體了，如果可以，你願意跟我交換嗎？我們以屋易屋，那是剛才老闆父親教我的。」我想逃，我不想被吃掉，也許有人聽到我的求救聲，儘管這裡目前的情況很糟糕，但那是一個光點，它正嚙咬著牛頭男，牛頭男發出慘叫，還說：「妳是我妹妹，妳是臺北城的一部分，妳怎麼可以反咬我。」光點繼續攻擊，還發出電子音說：「我是我自己，我屬於

自然，屬於人文制度之外，我不是你文明下的奴隸，我是你傳承下去的能量，我是你的父親，也是你的母親。」大笑了幾聲，牛頭男摸摸自己鼓鼓的肚子，然後他不理會光點像老鼠般地啃咬，他直對遙遠不知名的七彩空間說：「不，妳是我意念的一部分，妳眼底的次文化我都可以接受，請不要再帶著那些文明遠離我，離鄉背井的次文化，無法適應都市的次文化，充滿生存壓力的次文化，茫然青少年的次文化，充滿異國風格的次文化，當然弱勢文化我也很重視，對於無殼蝸牛次文化的議題我也很想改變，但因為目前文化的主流給我很多，糧食、金錢，那些足以墮入地獄的邪惡美好，但我保證，我並沒有胡搞。」

遙遠的空間直直往扁到只剩下兩坪空間的咖啡館撞來，不知何時，老闆兒子已經和不喝咖啡的女孩被混搭女帶走，他們是不一樣思緒文化的人，我知道，父親和兒子並不一樣，如同家和社區；基本的東西一樣，但後來演變的思想，有些東西逐漸被背棄，有些卻在變形，等到適合承繼的那天來臨，基因密碼開啟，主文明和次文明的聯繫，在重組之後，彷彿經歷了一場輻射外洩的災難，那些突變後的樣子，都市成長出的新樣子，咖啡館會和二手書店在一起，父親和兒子的某部分也會重新連在一起，只是以不一樣的方式。

遠行男也即將離我而去，他說他的心在這裡，但他的器官還留在過去的每座都市裡，他的身體散落世界各地，他想回家好好等安息，但他卻找不到最原始的家在哪裡，他的家鄉什麼時候有都市的身影，他懷疑這一切都是都市文明的幻影，是城市的影子入侵，於是他放棄回家的念頭，他只想在這場文明爆炸中死去。

在遠行男成為煙塵中的無數粒子後，有些陰暗的影子正在消失；我小心抬頭在避免碰撞壓力天空的頂端時望向遠方，隱約看見次文化的輻射量逐漸增加，還有某些聲音彷彿來自於遙遠的時空，像高山上令人平靜的歌謠。我當時身邊只剩下一名變身成青蛙的歐洲客人——我還來不及問他的姓名，他就以青蛙的面貌在我身旁不停地歌唱，像是在呼喚什麼東西前來。我為眼前的場景感到十分害怕，我的處境危險，我被次文化所遺棄，又被都市主文化放棄，最後，只能成為遊走在邊陲文明的產品——我沒有特殊愛好，也沒有離鄉背井，我父母說我是臺北人，我就是臺北人，我沒有故事，我只是想重念大學，我還想再見我妹妹一面……

遠方七彩煙火般的城堡雲朵竄生，有激烈的白色光束從遙遠的空間闖入，那是奮力的一擊，西班牙語、英語、美語、兩種截然不同的閩南話，還有

臺灣的國語跟現代臺式多元混雜的語言，全都落在牛頭男身上，像是寄生蟲，牛頭男痛苦地哀嚎，卻又本能性的接受；無法止住的打滾，牛頭男想逃，逐漸身上出現丘陵，還有許多莿桐花開，高樓大廈不見蹤影，慢慢的，外面的那場雨就要淹沒所有的空間，那是最初，聽說是古代大湖的重現，沒有溪流及時切穿，遠遠的地方，有牛頭男的聲音咕嚕嚕地說：「我怎麼什麼都看不見……」

遠遠的馬蹄聲接近，我在破敗衰老的城市時空中，隱約看見一群原住民勇士跋山涉水而來。

城市像在大雨後，瞬間被更新，有些東西飄在文明輻射消散前，慢慢融合；莿桐花開，我正莫名地存在一個部落的上空，聽像是被隔離在我身體以外——自己的心跳聲越來越模糊。像是最後一次睜開眼，我看見很遙遠的以後，那是我妹妹剛考上高中的那一年，她像是在對已經落後太遠的我，不斷說話：「輔導室的老師贊成我轉讀技職體系，到時候我就可以……」

馬蹄聲叩叩，停住後，離開。

Do小說05 PG1107

幻獸症的屋子
──跳舞鯨魚小說集

作　　者／跳舞鯨魚
責任編輯／黃姣潔
圖文排版／姚宜婷
封面設計／陳佩蓉
插　　圖／跳舞鯨魚

發 行 人／宋政坤
出　　版／獨立作家
地址：114 台北市內湖區瑞光路76巷65號1樓
電話：+886-2-2796-3638　傳真：+886-2-2796-1377
服務信箱：service@showwe.com.tw
http://www.bodbooks.com.tw
印　　製／秀威資訊科技股份有限公司
http://www.showwe.com.tw
展售門市／國家書店【松江門市】
地址：104 台北市中山區松江路209號1樓
電話：+886-2-2518-0207　傳真：+886-2-2518-0778
網路訂購／http://www.govbooks.com.tw
法律顧問／毛國樑　律師
總 經 銷／時報文化出版企業股份有限公司
地址：333桃園縣龜山鄉萬壽路2段351號
電話：+886-2-2306-6842

出版日期／2014年1月　BOD一版　定價／250元

|獨立|作家|
Independent Author
寫自己的故事，唱自己的歌

幻獸症的屋子：跳舞鯨魚小說集 / 跳舞鯨魚著. -- 一版. --
臺北市：獨立作家, 2014. 01
面； 公分
BOD版
ISBN 978-986-5729-00-4 (平裝)

857.63 102025799

國家圖書館出版品預行編目

讀者回函卡

感謝您購買本書，為提升服務品質，請填妥以下資料，將讀者回函卡直接寄回或傳真本公司，收到您的寶貴意見後，我們會收藏記錄及檢討，謝謝！
如您需要了解本公司最新出版書目、購書優惠或企劃活動，歡迎您上網查詢或下載相關資料：http:// www.showwe.com.tw

您購買的書名：______________________________

出生日期：________年________月________日

學歷：□高中（含）以下　□大專　□研究所（含）以上

職業：□製造業　□金融業　□資訊業　□軍警　□傳播業　□自由業
　　　□服務業　□公務員　□教職　□學生　□家管　□其它_____

購書地點：□網路書店　□實體書店　□書展　□郵購　□贈閱　□其他

您從何得知本書的消息？

□網路書店　□實體書店　□網路搜尋　□電子報　□書訊　□雜誌
□傳播媒體　□親友推薦　□網站推薦　□部落格　□其他__________

您對本書的評價：（請填代號　1.非常滿意　2.滿意　3.尚可　4.再改進）

封面設計____　版面編排____　內容____　文／譯筆____　價格____

讀完書後您覺得：

□很有收穫　□有收穫　□收穫不多　□沒收穫

對我們的建議：______________________________

____

____

____

請貼
郵票

11466
台北市內湖區瑞光路 76 巷 65 號 1 樓
獨立作家讀者服務部 收

（請沿線對折寄回，謝謝！）

姓　　名：________________　年齡：________　性別：□女　□男

郵遞區號：□□□□□

地　　址：________________________________

聯絡電話：(日)________________　(夜)________________

E-mail：________________________________